REIT MIT MIR, COWBOY

Texas Matchmakers Serie, Buch Dreizehn

DEBRA CLOPTON

Reit mit mir, Cowboy
Copyright © 2021 Debra Clopton Parks

Reit mit mir, Cowboy

Ehefrauen gesucht für die Cowboys von Mule Hollow!

Nach einer Familientragödie ist der Pferdetrainer Brent Stockwell es leid, wegen einer Beziehung, in der er schlechtes Urteilsvermögen gezeigt hat, im Rampenlicht zu stehen, komplett mit Paparazzifotos auf den Titelseiten von Klatschmagazinen. Jetzt versteckt er sich in Mule Hollow, um mit seinen Pferden zu arbeiten und sich zu erholen.

Tacy Jones ist in der Hoffnung nach Mule Hollow gekommen, mit dem Championtrainer Pferde auszubilden – trotz seiner gut dokumentierten romantischen Eskapaden. Sie ist nicht glücklich darüber, dass er glaubt, dass eine Frau nicht die Richtige für den Job ist. Was? Sie ist mit überfürsorglichen Brüdern aufgewachsen und hat es so satt, wie ein zerbrechliches Püppchen behandelt zu werden. Das ist also eine Herausforderung, der sie nicht widerstehen kann.

Einstellungen und Herzen kollidieren, als diese beiden in einer lustigen, herzerwärmenden Liebesgeschichte zusammenstoßen, die Sie gleichzeitig zum Lachen und auf ihre Lieben hoffen lassen wird.

KAPITEL EINS

„B leib, Birdy", sagte Tacy Jones zu ihrem Blue-
Heeler, als der Truck mit sechs Jungpferden,
die eingeritten werden mussten, die Auffahrt
hinauffuhr. Der Fahrer zeigte ihr Daumen hoch, als sie
winkte und auf den Paddock neben der Scheune zeigte.
Er schwang den langen Anhänger auf dem staubigen
Hof herum und fuhr dann rückwärts zum Tor. Staub
stieg um die Räder herum auf, als der schwere Anhänger
zum Stehen kam. Tacy sprang von der Veranda und
joggte hinüber, während Birdy über den Hof raste.

Neben dem Anhänger ließ sich Birdy nieder und
wartete. Die Arbeit mit Rindern oder Pferden lag der
Hündin im Blut, doch sie würde nichts tun, es sei denn,
sie bekam grünes Licht. Wie Tacy beobachtete sie, wie

sich die Pferde im Anhänger bewegten.

„Heute nicht, Mädchen", sagte Tacy, die hinten im Anhänger stand. „Sieht nach einer guten Gruppe aus!", rief sie, als der dickliche Fahrer aus der Fahrerkabine kletterte und an ihr vorbeiging, um die Türen zu öffnen.

„Ja, das dachte ich mir, als ich sie in Amarillo abgeholt habe. Mögen Menschen aber nicht sonderlich. Selbst ans Halfter gewöhnt, wie sie es sind, machen sie Ärger."

„Sie sehen nervös aus. Soll ich Ihnen helfen, sie rauszuholen?", fragte Tacy.

Der Fahrer hob eine Hand. „Das geht nicht, kleine Lady. Sie sind meine Verantwortung, bis ich sie aus meinem Trailer habe. Danach gehören sie Ihnen. Keine Minute früher." Den letzten Satz unterstrich er mit der Endgültigkeit einer zugeschlagenen Tür.

„Sind nicht meine", murmelte Tacy, frustriert, dass sie nur die schönen Tiere füttern und tränken sollte, bis Pace und Sheri aus Australien zurückkamen. Ein besserer Babysitter – na ja, Pferdesitter – war alles, was Tacy für die nächsten Wochen auf der Ranch ihrer Freunde sein sollte. Das würde sie auf keinen Fall aushalten!

Sie beobachtete, wie der Fahrer sich abmühte, die scheuen Tiere aus dem Anhänger zu führen. Wie alte Hofhunde, die sich dagegen wehren, an der Leine laufen zu müssen, versteiften sich die jungen Tiere in einem Moment und wichen im nächsten Moment vor ihm zurück. Birdy sah Tacy immer wieder mit fragenden Augen an, und Tacy konnte nur den Kopf schütteln. Als der Mann schließlich das letzte Pferd vom Anhänger führte, war es ihm sichtlich peinlich. *Und das sollte es auch sein!* Sie versuchte, sich nicht bestätigt zu fühlen – doch es war so, und es führte kein Weg daran vorbei. Tacy hätte nicht so kämpfen müssen, und sie wusste es. Sie wusste vielleicht noch nicht ganz, wie man Pferde zureitet, doch sie hatte schon einige trainiert. *Männer –* sie dachten, sie wüssten alles. Sie hätte ihm sagen können, dass er nur die Halfter im Anhänger abnehmen musste, und die Pferde würden begeistert in die Freiheit laufen. Was sie auch taten, und sie steuerten direkt auf das andere Ende des Paddocks zu, nachdem der Mann sie losgelassen hatte.

Schwitzend und mit puterrotem Gesicht knallte der Lkw-Fahrer die Anhängertür zu. „Jetzt können Sie sie haben", grunzte er, hievte sich ohne ein Abschiedswort zurück auf den Fahrersitz und fuhr vom Hof, als würde er von Wölfen gejagt.

Tacy schüttelte den Kopf und kletterte auf die oberste Sprosse des Zauns, dann wandte sie ihre Aufmerksamkeit wieder den Pferden zu. Sie standen am anderen Ende, zusammengedrängt in einer engen Gruppe. Obwohl Pace ihr bereits gesagt hatte, dass sie aus gutem Bestand kamen, war das leicht zu sehen. Ihre Proportionen waren perfekt, ihre Muskeln gut definiert. Sie waren echte Schönheiten. Zwei Rotschimmel, ein Kastanienbrauner, ein Mitternachtsschwarzer und ein Bunter. Sie liebte das Aussehen des Bunten – es erinnerte sie an das Schoko-Swirl-Eis, das sie so mochte. Ohne etwas zu sagen beobachtete sie sie, streckte eine Hand aus und wollte sie berühren, auch wenn sie nicht in ihre Nähe kamen.

„Wenn Pace und Sheri zurück sind, werden wir Freunde sein", sagte sie beruhigend.

Pferde zählten für Tacy zu den schönsten und interessantesten Tieren, die Gott geschaffen hatte. Sie war seit ihrer Kindheit in sie vernarrt und hatte nie etwas anderes werden wollen als Trainerin – wäre sie ein Junge anstatt eines Mädchens gewesen, wäre für diesen Traum kein Umzug hierher und keine Hilfe von Pace erforderlich gewesen, um ihn zu verwirklichen. Nein, sie hätte das Geschäft direkt neben ihren vier Brüdern lernen können. Doch als einziges Mädchen in der Familie … nun, es war kompliziert, also war sie hier auf der Ranch ihrer Freunde, entschlossen, ihre Zukunft so zu gestalten, wie *sie* sie sich vorstellte, und sie nicht von anderen diktiert zu bekommen. Sie war vor drei Wochen hierhergekommen und hatte es nicht erwarten können, dass Pace ihr beibrachte, wie man Pferde zuritt. Doch er und Sheri waren auf die Ranch in Australien gerufen worden, und hier saß Tacy, ihr Traum auf Eis, bis sie zurückkehrten.

Bald, dachte sie seufzend. Essen und ein sanftes Wort, um die Pferde an sie zu gewöhnen, waren ein guter Anfang.

„Es gibt nichts Besseres als ein Geschenk, um eine gute Sache anzufangen." Sie kletterte langsam vom Zaun herunter, um die Tiere nicht zu erschrecken, und machte sich daran, einen Eimer mit Futter zu füllen.

Sie hatte gerade den Paddock betreten, als ein blauer Silverado mit einem passenden Pferdeanhänger auf den Hof fuhr. Tacy warf den misstrauischen Pferden einen wehmütigen Blick zu, öffnete das Tor und ging, um zu sehen, wer gerade gekommen war.

Der Truck hatte kaum angehalten, da sprang schon ein Cowboy mit tief in die Stirn gezogenem Stetson heraus. Groß, breitschultrig, erregte er sofort ihre Aufmerksamkeit – noch bevor er den Hut vom Kopf zog und sie erkannte, wer es war. Als Brent Stockwell stehenblieb, hatte Tacys Herz ein paar Schläge ausgesetzt und war ihr in die Kniekehlen gerutscht.

„Was glauben Sie eigentlich, was Sie da tun?", fragte er mit angespannter Miene, als er von ihr zu den Pferden starrte.

„Wie bitte?" Die Tatsache, dass Mr. Broncreiter-Extraordinaire vor ihr stand und sie so unhöfliche anblaffte, brachte sie ins Wanken. Was machte *er* in Mule Hollow? Er sah sie weiter finster an und wartete auf ihre Antwort, und sie rüttelte sich innerlich wach. Schließlich hatte sie schon viele Cowboys gesehen. In Mule Hollow gab es reichlich. Doch das war Brent

Stockwell.

Vor zwei Jahren war dieser Cowboy ein hochgelobter Broncreiter gewesen, kurz davor, die Weltmeisterschaft zu gewinnen, als er sich plötzlich aus dem Wettbewerb zurückgezogen hatte und verschwunden war. Nicht, dass sie damals den Profi-Rodeozirkus so genau verfolgt hätte, doch das musste man auch nicht, um Brents Gesicht zu kennen. Es war auf den Titelseiten vieler Zeitschriften gewesen – vor allem Klatschblätter. Nichts davon erklärte jedoch, was er hier wollte. Oder warum er sie so finster anstarrte und seine Nase in ihre Angelegenheiten steckte.

„Ich kümmere mich um meine Pferde, Cowboy", sagte sie gedehnt und musterte ihn, während ihre Augen grün aufblitzten und ihn herausforderten, näher zu kommen. „Die Frage ist, was machen *Sie* hier?"

„*Ihre* Pferde." Offensichtlich verblüfft trat er zurück und sah sich um. „Ich dachte, das wäre Pace Gentrys Hof."

„So ist es. Ich passe für ihn darauf auf." Vielleicht war er ein Freund von Pace, da sie beide Broncreiter waren.

Seine Augen flackerten zweifelnd über sie. „*Sie* passen darauf auf?"

„Was sollen all die Fragen? Ja", sagte sie, denn ihre Geduld ließ langsam nach. „Ich passe auf die Farm auf, während Pace und Sheri nicht in der Stadt sind."

„Aha." Er wies mit dem Kopf zur Straße. „Und das sind die Pferde, die von dem Gespann geliefert wurden, das mir gerade am Ende der Auffahrt begegnet ist?", fragte er.

„Woher wissen Sie das?" Jetzt wuchs ihre Verwirrung.

„Weil Pace mir gesagt hat, dass sie heute Nachmittag kommen."

„Pace hat es Ihnen gesagt?", sagte sie tonlos, da sich ihr Magen umdrehte.

Er verschränkte seine muskulösen Arme. „Korrekt. Ich bin hier, um diese Pferde zu trainieren, und ich sage Ihnen jetzt ein für alle Mal, dass ich Sie nicht wieder in diesem Paddock sehen will. Sie hätten Sie zu Tode trampeln können."

„Whoa, einen Moment, Mr. *Stockwell*."

Sie riss ihren Blick von seinen muskulösen

Unterarmen weg. „Sheri hat mir nichts davon gesagt."

„Sie kennen mich?"

„Sie machen wohl Witze, oder?", fragte sie und konnte nicht umhin zu denken, dass der Mann besser aussah als auf den Fotos – selbst mit dem finsteren Blick. „Natürlich kenne ich Sie. Aber kommen wir zurück zu der *Ich-bin-hier-um-sie-zu-trainieren-*Sache."

Die Linien zwischen seinen Brauen wurden tiefer. „Und Sie sind?"

„Tacy Jones", sagte sie und spürte, wie sich ihre Stirn in Falten legte, als sie ihn finster ansah.

„Nun, Tacy Jones, das übernehme ich", sagte er und griff nach dem Futtereimer.

Oh, nein, er versuchte nicht gerade, sie zu überrumpeln! Sie riss den Eimer hinter sich und durchbohrte seine Augen mit ihren trotzigen smaragdgrünen. „Jetzt warten Sie mal einen Moment, Kumpel. Sie können nicht einfach hier aufkreuzen und glauben, dass ich die Klappe halte und verschwinde. Es ist mir egal, wer Sie sind, ich kümmere mich um diesen Hof, bis mir gesagt wird, dass ich es nicht mehr tun soll

–" Sie warf ihr rotes Haar hin und her und stieß einen warnenden Finger gegen seine harte Brust, „– und Sie dürfen sich jetzt zurückziehen." Okay, vielleicht hatte sie gerade ein bisschen überreagiert – *wer würde das nicht?*

Er war ihr wirklich auf die Zehen getreten. Aus Erfahrung im Umgang mit vier älteren Brüdern versetzte sie ihm noch einen Stoß gegen die Brust. „Das ist so etwas von nicht richtig."

Er senkte das Kinn und starrte eine Sekunde lang auf ihren Finger, bevor er sie mit kühlem Blick ansah. „Ich weiß nicht genau, was hier los ist. Ich kann Ihnen jedoch versichern, dass ich hier bin, um diese Pferde zu trainieren, und Sie sollten besser nicht wieder zu ihnen in den Paddock klettern." Er legte seine Hand um ihren Finger und zog ihn von seiner Brust.

Seine Augen waren nicht unfreundlich, doch genauso entschlossen wie ihre. So nahe bei ihm zu stehen und seine starke Hand um ihre zu spüren, konnte ein Mädchen weich werden lassen.

Oh nein!

Tacy schluckte und riss ihre Hand aus seiner. Sie

war das Mädchen, das Cowboys besiegte und jede Minute davon genoss. Sie war nicht eine, die sich von einem Cowboy überrumpeln ließ. Sie musste ihre Herangehensweise ändern, damit es so lief, wie sie wollte, und ihn ein bisschen aus dem Gleichgewicht bringen.

„Ich denke, vielleicht sollten Sie besser Pace oder Sheri ans Telefon holen, sonst muss ich den Sheriff anrufen, Mr. Stockwell."

Er riss die Augen ungläubig auf. „Den *Sheriff*? Aber Sie kennen mich."

„Falsch. Ich weiß, wer Sie sind. Aber ich weiß nicht, was Sie hier tun."

„Sie wissen, dass ich kein Pferdedieb bin, der gekommen ist, um Paces Pferde zu stehlen."

„Das vielleicht nicht, aber ich werde nicht einfach so auf Ihr Wort hin das Feld räumen." Sie schenkte ihm ein strahlendes Lächeln … die Art, die sagte, ich lächle zwar, aber ich meine es ernst.

Brent rieb sich das Kinn und kniff die Augen zusammen. „Sie gehen mir wirklich auf den –"

„Whoa, keine Ausdrücke, Cowboy. Wir haben eine

schwangere Lady im Haus." *Oh ja, das könnte Spaß machen.*

„Sie sind schwanger?" Er schnappte praktisch nach Luft – was Tacy ziemlich amüsant fand.

„Sehe ich so aus? Nein, Birdy." Sie zeigte auf den Hund, der sich wie auf Befehl umdrehte und der Welt zeigte, dass sie trächtig war. „Doch selbst wenn sie es nicht wäre, erwarte ich trotzdem keine Unflätigkeiten. Es wird Sie vielleicht überraschen zu erfahren, dass ich das eine oder andere Mal als Lady bezeichnet worden bin …"

Sein harter Blick wurde plötzlich weicher, und er lachte – laut. Genau die Reaktion, die Tacy erwartet hatte. Doch als Reaktion darauf stand ihr Innerstes Kopf, das war der unerwartete Teil.

„Ich wollte nichts Unanständiges sagen", meinte er. „Ich wollte sagen, dass Sie mir auf die Nerven gehen."

„Ja, Sie vergessen, dass ich weiß, wer Sie sind, Brent Stockwell. Der Typ, von dem ich in den Zeitungen gelesen habe, ist kein Waisenknabe." Eine Tatsache, an die sie sich gut erinnern würde.

Er stellte seine Füße schulterbreit auseinander und

starrte sie mit dunklen und harten Augen an. „Ich kann Ihnen versichern, dass der Typ, von dem Sie gelesen haben, tot ist. Er ist weg. Also, obwohl ich keine Witze mache, wenn ich Ihnen sage, dass Sie sich aus dem Paddock da raushalten sollen, kann ich Ihnen versichern, dass ich nicht vorhatte, etwas Unhöfliches zu sagen."

Zum ersten Mal seit langer Zeit war Tacy sprachlos. Was meinte der Cowboy damit, dass er tot war? Was war das für eine Aussage? Die Tatsache, dass er es mit solcher Aufrichtigkeit sagte, überwog alles andere, doch hier stand er eindeutig lebendig vor ihr.

„Okay", sagte sie und beschloss, den unangenehmen Moment mit ein wenig Humor zu überspielen. „Ich wollte Ihnen nicht auf den Schlips treten." Was sollte sie sonst sagen? Wirklich?

Seine Lippen zuckten. „Kein Ding, ist nicht passiert."

Da Tacy niemand war, der schnell den Kopf oder ihren gesunden Menschenverstand verlor, entschied sie, dass es besser war, sich zurückzuziehen und die Situation neu zu bewerten. Sie musste telefonieren.

„Ich muss los", sagte sie, als sie sich umdrehte und zu ihrem Truck ging – sie ließ Birdy zwischen den Ställen und dem Haus frei herumlaufen, also musste sie sich keine Sorgen machen, sie zurückzulassen. Außerdem hatte der Hund den Cowboy angestarrt, als wäre er der Beste seit gebratenen Nierchen! Diese kleine Verräterin. Doch andererseits konnte sie nicht anders, als beim Losfahren aus ihrem Seitenfenster zu blicken. Brent hatte seinen Hut zurückgeschoben und starrte ihr verblüfft nach. Ihr Magen kribbelte beim Anblick seiner typischen Cowboy-Haltung: Beine breit, einen Daumen in den Gürtel gehakt, den Kopf leicht geneigt. Das war noch lange nicht vorbei.

Brent blickte der feurigen Tacy Jones nach, als sie davonfuhr. Mit ihren roten Haaren und diesen frechen grünen Augen sah die Frau ganz danach aus, als könnte sie sich als Dorn im Auge erweisen.

Er hatte fast einen Herzinfarkt bekommen, als er auf den Hof gefahren war und sie zu den Pferden in den Paddock gehen sah. Obwohl Pace ihm gesagt hatte, dass sie bereits an Halfter gewohnt waren, beruhigte ihn das nicht, sie inmitten eines Haufens unberechenbarer Junghengste zu sehen. Pace hatte den Ruf, sich schwere Fälle anzunehmen und sie reitbar zu machen. Das verrückte Weib hätte sich verletzen können. Dass sie sich nicht so verhielt, als hätte sie das begriffen, war Teil des Problems.

Als Brent ihre Hündin ansah – Birdy hatte sie sie genannt – tätschelte Brent dem Blue-Heeler den Kopf. Es musste in den nächsten Wochen so weit sein, doch das hielt sie nicht davon ab, um ihn herumzutänzeln und seine Aufmerksamkeit zu suchen. Als er hinüberging, um die Pferde zu inspizieren, rannte sie ihm voraus. Am Zaun blieb sie stehen, dann legte sie den Kopf auf die unterste Sprosse und beobachtete die Pferde mit erwartungsvollen Augen. Er hatte das Gefühl, dass sie ein guter Hütehund war, wenn sie nicht trächtig war.

Die Pferde waren nervös – was nach einer langen Fahrt im Anhänger zu erwarten war. Er konnte jedoch sofort erkennen, dass einer von ihnen, der hübsche Kastanienbraune, einen wilden Ausdruck in den Augen hatte, der Ärger bedeutete. „Es sind immer die

Rothaarigen", sagte er mit einem Blick auf den Hund. Birdy blickte zu ihm auf, und er hätte schwören können, dass sie grinste. Normalerweise hätte er gelacht – doch diesmal tat er es nicht. Er musste dringend mit Pace über diese Überraschung reden.

Pace kannte Brents Geschichte. Er wusste mit Sicherheit, dass Brent sich nicht wohlfühlen würde, wenn eine Frau im Paddock herumlungerte, während er diese Pferde zuritt. Also was war hier los? Wenn Pace Tacy engagiert hatte, um sich um den Hof zu kümmern, warum hatte er ihn dann nicht gewarnt? Er musste wissen, dass es Brent an den Unfall seiner Schwester erinnern würde, sie zu sehen. Und Brent wurde ungern daran erinnert, was seine Dummheit und Nachlässigkeit Tina gekostet hatten.

Sein Magen schmerzte, als er sich an diesen Moment vor zwei Jahren erinnerte … Tina hatte nur durch die Gnade Gottes überlebt – und es war immer noch nicht abzusehen, ob sie sich jemals ganz erholen würde.

Pace wusste das. Gereizt stapfte Brent in Richtung der Hütte am Rand des Anwesens. Er war gewarnt worden, dass es in Mule Hollows praktisch keinen Mobilfunkempfang gab und er das Festnetztelefon in der Hütte benutzen musste, wenn er Pace anrufen wollte. Irgendetwas fühlte sich bei dieser ganzen Sache einfach nicht richtig an. Hier braute sich Ärger zusammen. Vielleicht hatte Pace diesen Blick in den Augen des Cowgirls nicht gesehen … den, der sagte, dass sie sich nicht von einem Cowboy sagen lassen würde, was sie zu tun oder zu lassen hatte.

Er rieb die Stelle, an der sie ihm den Finger in die Brust gerammt hatte. Die Frau dachte offensichtlich, dass sie diese Hengste trainieren und nicht nur „auf den Hof aufpassen" würde. Es war nur so, dass das, solange er in der Nähe war, auf keinen Fall passieren würde. Auf gar keinen Fall.

KAPITEL ZWEI

„Was kann ich euch Jungs bringen?", fragte Tacy die Sitznische voller Cowboys, die wie erwartungsvolle Welpen zu ihr aufblickten. Sie taten gerade so, als hätten sie noch nie zuvor eine Frau gesehen, die ihre Mittagsbestellung aufnahm. So war es die ganzen zwei Wochen gewesen, seit sie diesen Job in Sams Diner angenommen hatte.

„Wie wäre es mit einem Date?", sagte Jess Tomlin gedehnt und zwinkerte ihr zu. Dasselbe Augenzwinkern wie als er sie zum ersten Mal hinter der Theke gesehen hatte.

Sie zog ihren Block aus der Tasche. „Hast du was im Auge?", fragte sie, warf ihm einen strengen Blick zu und hielt ihren Bleistift bereit – nicht, dass sie ihn brauchen würde. Es war Dienstag, und Sam machte Enchiladas.

„Komm, Tacy, vergiss ihn und geh mit mir aus", sagte sein Kumpel Chad, setzte sich aufrecht hin und grinste sie selbstgefällig an.

„*Jungs*, könnt ihr euch bitte wieder einkriegen?" Sie tippte mit ihrem Bleistift auf ihren Block.

„Ach, komm schon, Tacy, lass einem Mann ein bisschen Hoffnung."

„Jess, du brauchst keine Hoffnung von mir und das weißt du. Und entweder bestellt ihr jetzt, Jungs, oder ich mache das für euch."

Die vier grinsten genauso, wie sie es erwartet hatte, und bestellten genau das, was sie erwartet hatte.

„Vier Specials!", rief sie ein paar Sekunden später und eilte in die Küche. Sam war gerade dabei, eine Reihe Burger auf dem Grill zu wenden. Sobald er die Bestellung hörte, griff er mit der freien Hand nach Tellern aus dem Regal. Tacy beobachtete ihn staunend, wie er gleichzeitig mit dem Spatel die Burger in einem schnellen, engen Bogen in die Luft schleuderte. Sofort ging er zum nächsten Burger und hatte ihn in der Luft, bevor der andere gelandet war. Als sie alle gewendet und mit Salz und Pfeffer bestreut waren, griff er nach der Schöpfkelle im großen Topf auf dem Herd. In den Sechzigern und gebaut wie ein Jockey war Sam der König seines Reiches.

Während der Mittagszeit arbeitete er mit der Energie von drei Männern. Obwohl er an manchen Abenden einen Koch hatte und ein Mädchen von der Highschool, das manchmal abends und samstags aushalf, nahm er sich nur selten frei.

„Wie in aller Welt hast du diesen Laden geführt, bevor du Hilfe eingestellt hast?"

Sam grinste sie an und stellte die Teller ab. „War nicht so viel los. Das war mal ein sterbender kleiner Ort, und ich habe es leicht allein geschafft. War nicht viel mehr Arbeit, als wenn ich Leute hatte, die zum Essen nach Hause gekommen sind. Aber ich beschwere mich nicht", sagte er und fing an, die Enchiladas anzurichten. „Hilfe zu brauchen ist gut. Ich bin froh, dass du hierhergekommen bist."

„Ich bin froh, dass du einen Job für mich hattest", sagte sie und meinte es ernst. Sie arbeiteten gut zusammen. Sie nahm die vier Teller auf und atmete den würzigen Duft ein. „Und zurück zu den Burgern." Sie schenkte ihm ein liebevolles Lächeln, als sie in den Gastraum ging. Sie war noch nicht lange hier, doch sie fühlte sich wie zu Hause. Für ein Mädchen, das manchmal ein bisschen Heimweh hatte, war das ein schönes Gefühl.

Als sie in den Gastraum zurückkehrte, war Tacy guter Stimmung – trotz ihrer Begegnung mit diesem unerträglichen Cowboy am Tag zuvor.

„Auf geht's, Jungs. Essen ist fertig!" Sie fand es immer wieder amüsant, wie begeistert die Cowboys reagierten, wenn sie ihnen ihr Essen servierte. Man musste sie einfach lieben.

Sie war wirklich froh, hier zu sein – es war wahr, sie wäre glücklicher gewesen, wenn alles so gelaufen wäre, wie sie es geplant hatte. Housesitting, Bedienen und das Abwehren von Avancen gutmütiger Cowboys machte Spaß genug. Trotzdem würde sie lieber lernen, wie man ein Pferd zuritt.

Sie nahm es niemandem übel. Vor allem nicht den Cowboys. Wenn sie austeilen wollten, konnte sie es ihnen sicher mit gleicher Münze zurückzahlen. Den meisten Männern, die hierherkamen, machte es großen Spaß.

Typen wie Jess waren eine andere Geschichte. Sie wusste, dass er wirklich hoffte, dass sie früher oder später mit ihm ausgehen würde. Doch das würde nicht passieren. Noch nicht. Dating war im Moment nicht in ihrem Lebensplan vorgesehen. Liebe neigte dazu, Pläne aus der Bahn zu werfen ... und dieses Mädchen hatte Pläne, von denen sie sich durch *nichts* abbringen lassen würde – nun, im Moment durch nichts außer Brent Stockwell.

Es brauchte nur einen kurzen Anruf bei Sheri, und sie wusste, was Sache war. Pace hatte Brent angerufen, und der Mann war einfach nach Mule Hollow gefahren, um den Job zu übernehmen, der eigentlich ihrer hätte sein sollen. Als sie spürte, wie sich ihre Nackenmuskeln verkrampften, versuchte Tacy, sich auf ihren Job zu konzentrieren, anstatt auf den großspurigen Cowboy, der jetzt das größte Hindernis auf ihrem Weg war. Ihr war klar, dass Sheri gewusst hatte, dass sie nicht glücklich sein würde, und das musste der Grund gewesen sein, warum sie nichts gesagt hatte.

Tacy nahm die Teller mit den Hamburgern, die Sam vorbereitet hatte, und ging zurück in Richtung Esszimmer. Sie würde nicht zulassen, dass sie die Beherrschung verlor. Trotz ihrer neuen Entschlossenheit ließ Tacy fast die Armladung Burger fallen, als Brent Stockwell durch die schwere Schwingtür hereinkam.

„Achtung", sagte sie zu den Cowboys am Tisch, stolz darauf, dass sie es schaffte, ruhig zu wirken. Sie stellte die Teller vor die Cowboys, während sie ein Auge auf Brent gerichtet hielt. Er schlenderte zum Tresen und setzte sich auf einen Hocker aus Rindsleder. Er überraschte sie, als er sich umsah und sie dabei ertappte, wie sie starrte … okay, gaffte! Wow, das *war* ein Cowboy!

Mit wenig Enthusiasmus machte sie ihren Job. „Hi", sagte sie, holte eine Speisekarte hinter der Theke hervor und stellte sie vor ihm auf. „Willkommen in Sam's Diner –" Sie nannte ihn nicht beim Namen; es war nicht ihre Aufgabe, der Welt zu verkünden, wer er war. Sie war nur hier, um seine Bestellung aufzunehmen. „Wo jeder willkommen ist", fügte sie hinzu.

Er nahm die Speisekarte, beugte sich vor und lächelte sie an. „Danke für die nette Begrüßung." Er hielt seine Stimme sanft und leise, damit nur sie ihn hören konnte, als säßen sie in einem Sterne-Restaurant mit Kerzen und weißen Tischdecken.

„Was können Sie mir empfehlen?"

Beim Klang seiner Stimme wurde Tacys Mund trocken. Es war demütigend. „Alles, je nachdem, worauf Sie Lust haben", sagte sie mit fester Stimme. Zum Glück kam ihr ihr schlagfertiger Humor zu Hilfe. „Sam macht tolle Burger, leckeres gegrilltes Hühnchen, und die Enchiladas sind ein Traum – und das ist nur der Anfang. Der falsche Hase ist ein echter Kick."

Er schenkte ihr ein schiefes Grinsen, das alles noch schlimmer machte. „Hört sich gut an", sagte er gedehnt.

„Das beste Essen in Texas", antwortete sie. „Die Quesadillas sind auch Killer, aber Sie kommen mir nicht wie ein Quesadilla-Typ vor."

Seine klaren türkisfarbenen Augen funkelten herausfordernd. „Da haben Sie Recht." Er legte die

Speisekarte ab und die Hände auf den Tresen, ohne den Blick von ihr abzuwenden. „Ja. Nicht annähernd Macho genug."

Sie rümpfte die Nase mit gespielter Abscheu. „Quesadillas sind für *Mädchen*."

Seine Lippe verzog sich zu einem langsamen Lächeln. „Sowas in der Art", sagte er, als das Lächeln seine Augen erreichte.

Kein Wunder, dass er als Herzensbrecher bekannt gewesen war, als er Schlagzeilen gemacht hatte. „Also, was darf es sein?", fragte sie und kämpfte um Ruhe. Am Tag zuvor hatte der Mann sie behandelt, als wäre sie eine Idiotin, der man in der Nähe von Pferden nicht trauen konnte. Heute flirtete er mit ihr – und sie genoss es, auch wenn sie es wirklich nicht wollte.

„Warum wählen Sie nicht für mich aus", sagte er und unterbrach ihren inneren Aufruhr. „Sie wissen, was ich nicht mag. Mal sehen, ob Sie erraten können, was ich mag."

Schnaubend, als würde er ihr den letzten Nerv rauben – was er wirklich tat, in mehr als einer Hinsicht – tippte sie mit ihrem Bleistift auf den Block und stellte sich seiner Herausforderung. „Steht die gesamte Speisekarte zur Auswahl oder nur die Spiesen, die ich Ihnen bisher empfohlen habe?"

Er grinste. „Die Speisen, von denen Sie mir bisher erzählt haben."

„Zu einfach, aber wie Sie wollen. Ich würde sagen, dass Sie gelegentlich ein gutes gegrilltes Hühnchen mögen, mit Sauce und einer Menge Kartoffelbrei –" Er wollte etwas sagen, doch sie hob die Hand. „Nicht so schnell, Cowboy. Ich bin noch nicht fertig. Ich sagte gelegentlich. Aber heute Mittag würde ich falscher Hase sagen."

Er sah aufrichtig überrascht aus. „Und wie genau kommen Sie darauf?"

Sie schüttelte den Kopf. „Eine Lady verrät ihre Geheimnisse nicht." Sie ging in die Küche. „Ein falscher Hase, Sam. Nicht zu viel Sauce", rief sie, als sie durch die Schwingtür kam.

„Kommt sofort", antwortete Sam, warf einen Blick in ihre Richtung und hob fragend eine Braue. „Bist du sicher –"

„Das hat der Cowboy bestellt", gab sie zurück.

„Also gut dann. Ein falscher Hase kommt sofort. Hast du gesehen, wie spät es ist?"

„Ja, ich lasse dich aber nur ungern allein."

„Rushhour ist vorbei. Ich schaff das schon, und meine Adela erwartet dich."

„Okay. Ich bringe dem falschen Hasen noch sein Getränk und komme dann morgen wieder."

„Alles klar, Mädchen."

Sie kehrte zu Brent zurück, froh, gehen zu können. „Was möchten Sie trinken? Tee, Limonade, Kaffee?"

„Sie sind so gut darin, was denken Sie, dass der, äh, *falsche Hase* haben will?"

„Nicht nochmal. Ich wähle Ihr Getränk nicht für Sie aus. Ich habe das Essen erraten, und meine Schicht ist vorbei, also will ich nicht riskieren, meinen Volltreffer von eben zu ruinieren."

„Dann nehme ich ein großes Glas Eistee."

Sie nahm ein Glas und füllte es mit Eis, dann griff sie nach dem Krug. „Haben sich die Pferde zwischenzeitlich beruhigt?", fragte sie, überwältigt von ihrer Neugierde, als sie auf die Uhr blickte.

„Ja, so ziemlich. Und Sie, schon mit Sheri

gesprochen?"

Sie stellte seinen Tee vor ihn hin. „Ja. Anscheinend haben sie nur vergessen, mir zu sagen, dass Sie einspringen. Sieht so aus, als würde ich Ihnen den Sheriff doch nicht auf den Hals hetzen können." *Zu schade!*

„Sie meinen, ich darf bleiben und meinen Job machen?"

Sie schnaubte. „Nicht meine Entscheidung." Sie ignorierte die Tatsache, dass ihr verräterischer Puls bei der Vorstellung, dass er in Mule Hollow bleiben würde, einen fröhlichen Stepptanz aufführte.

„Ich tue nur, worum Pace mich gebeten hat. Und ob Sie es glauben wollen oder nicht, es ist besser so."

„Na, wenn dann nicht alles wunderbar ist", sagte sie mit einem aufgesetzten Lächeln. „Das hat richtig Spaß gemacht, aber jetzt muss ich los." Aber sowas von. „Sam wird sich aber sehr gut um Sie kümmern." Am Ende des Tresens hielt sie inne. „Und denken Sie daran, ich habe Sie vor dem falschen Hasen gewarnt."

„Mich gewarnt?" Er runzelte die Stirn und sah sie fragend an.

„Jupp." Sie zog eine Braue hoch, holte ihre Handtasche unter der Theke hervor und ging zur Tür.

Sie grinste den ganzen Weg zu ihrem Truck hinaus. Der arme Kerl hätte die Quesadillas bestellen sollen.

Brent beobachtete, wie Tacy begleitet von Rufen von mehreren Tischen aus dem Diner sauste. Ihr leuchtendes, kupferfarbenes Haar war zu einem Pferdeschwanz gebunden und wippte, als sie durch das Diner pflügte und auf dem Weg zur Tür allen zum Abschied zuwinkte. Er musste zugeben, dass sie süß war, kein Zweifel – und offensichtlich beliebt. Nicht, dass ihn das interessiert hätte.

Er hatte nicht die Absicht, irgendeine Art von Beziehung einzugehen, während er hier war. Er wollte nichts tun, was ihn hier halten würde. Er war hier, um einen Job für seinen Kumpel Pace zu erledigen, und dann würde er wieder verschwinden – zurück nach Hause, um sein Leben wieder in Ordnung zu bringen … vielleicht zurück in den Rodeozirkus zu dem Traum, den er verschwendet hatte.

„Dann sind Sie also der Mutige?", sagte ein kleiner, verwitterter Mann, der aus der Küche durch die Schwingtür kam. Er hielt einen dampfenden Teller mit dem falschen Hasen und Bohnen in der Hand, den er vor Brent auf den Tresen stellte.

„Der Mutige?", wiederholte Brent und hatte das Gefühl, dass Tacy es versäumt hatte, ihm etwas Wichtiges zu sagen.

„Oh ja. Nicht jeder verträgt meinen falschen Hasen. Er hat einen echten Kick. Ist definitiv nichts für Waschlappen – Sie wissen schon, was ich meine."

„Oh ja", sagte Brent gedehnt und war sich plötzlich ziemlich sicher, dass er verstand. Er grinste. „Wie wäre es, wenn Sie mir die scharfe Sauce geben, die ich da hinter Ihnen sehe."

Das brachte ihm ein breites Grinsen ein, und Aspen streckte ihm die Hand entgegen. „Ich bin Sam, und Sie hören sich ganz nach einem Cowboy nach meinem Geschmack an."

Brent schüttelte Sams Hand – und als der kleine Mann seine Hand ergriff, hatte Brent das Gefühl, als hätte er gerade seine Finger in einen Schraubstock gesteckt.

„Brent Stockwell. Freut mich, Ihre Bekanntschaft zu machen, Sir", presste er so normal, wie er konnte, heraus, während seine Hand immer noch in Sams Schraubstockgriff steckte.

Endlich ließ Sam los und griff nach der scharfen Sauce. „Sie haben den falschen Hasen noch nicht probiert. Machen Sie sich in einer halben Stunde auf was gefasst."

Brent lachte. „Ich bin sicher, dass er nicht *so* schlimm ist." Er schob sich einen Bissen in den Mund, kaute und spürte den Kick der Chilis. Er hatte schon Schärferes gegessen. Das war okay. „Tacy hat nicht gelogen, als sie gesagt hat, dass er gut ist."

Sams Augen weiteten sich. „Das hat sie gesagt?"

Brent nickte, ziemlich sicher, dass sie es gesagt hatte – andererseits vielleicht nicht mit so vielen Worten. Er schob sich einen weiteren Bissen in den Mund. Sam sah zu, die drahtigen Arme vor der Brust verschränkt.

„Brent Stockwell. Der Name kommt mir mächtig bekannt vor."

Brent sagte nichts, sondern aß einfach weiter. Er glaubte wirklich nicht, dass seine Vergangenheit für den älteren Mann von Interesse war. In diesem Teil von Texas gab es viele Cowboys, die genauso viele Gürtelschnallen abgeräumt hatten, wie er.

„Der Weltklasse-Broncreiter – jetzt erinnere ich mich", sagte Sam langsam. „Also, was bringt Sie nach Mule Hollow?"

Gott sei Dank, keine unbequemen Fragen, dachte Brent erleichtert. Vielleicht würde das ja wirklich kein Problem sein. Pace hatte ihm versichert, dass er sich hier gut einfügen und nur ein weiterer Cowboy sein würde. „Ich bin hier, um Pferde für Pace Gentry zuzureiten und zu trainieren."

„Für *Pace*?"

Brent nickte und spürte die Schärfe der Chilis. „Ja, er hat angerufen und gesagt, dass er in der Klemme sitzt, und mich gefragt, ob ich ihm ein paar Monate helfen könnte."

„Weiß Tacy davon? Ich meine über Sie?" Brent bemerkte, dass Sam ein wenig verblüfft aussah. „Wir haben uns gestern kennengelernt, als ich angekommen bin. Stimmt was nicht?"

„Nein. Ich bin nur überrascht, weil sie nichts gesagt hat. Davon hatte ich bis jetzt noch nichts gehört."

Brent aß ein weiteres Stück Hackbraten.

Seine Zunge brannte jetzt, und er beschloss, vielleicht auf die zusätzliche scharfe Sauce zu verzichten. Er trank einen Schluck Tee. Hustend trank er weiter. Seine Augen tränten. Er trank einen weiteren Schluck und glaubte, es unter Kontrolle zu haben, bis er wieder husten musste. Der Hackbraten war gut, aber scharf, und das war eher eine Untertreibung.

„Ich glaube, es war eine spontane Idee. Er hat gemerkt, dass er länger als geplant in Australien gebraucht würde und frische Pferde kommen würden, um die sich jemand kümmern musste." Er endete mit einem Husten.

Sam nickte und lächelte. „Also, ich denke, das wird wirklich gut. Wollen Sie immer noch die scharfe Sauce?"

„Nein, Sir, ich denke, es reicht so."

„Ja, bisher hat noch niemand meinen falschen Hasen nachgewürzt. Ich bin überrascht, dass Sie immer noch essen."

Brent hatte das Gefühl, als würde sich seine Kehle zuschnüren. „Das kann ich nachvollziehen, Sir." Er unterdrückte ein Husten und leerte sein Glas Tee. Sam nahm den Krug, hielt ihn hoch und bot an, das Glas nachzufüllen. Brent nickte und war versucht, den Krug zu packen und in einem Zug auszutrinken, als sich die Schärfe plötzlich mit voller Wucht entfaltete.

Tacy lachte wahrscheinlich gerade über den Streich, den sie ihm gespielt hatte. Wenn er mit dem Sterben fertig war, würde er es wahrscheinlich auch lustig finden … vielleicht.

* * *

Sie sollte sich wirklich schämen, dachte Tacy, als sie das Diner verließ und zu Paces Hof hinausfuhr, um Rabbit, ihr eigenes Pferd, auszureiten. Sie sollte sich schlecht fühlen – doch sie tat es nicht. Sam bestand darauf, diesen Hackbraten jeden Morgen zuzubereiten, und jeden Abend warf er das meiste davon weg. Nicht einmal die Geier fraßen ihn. Doch er tat es, weil er sagte, wenn Cowboys sich gegenseitig zu einer Wette herausfordern mussten – was Cowboys regelmäßig taten –, dann war sein falscher Hase perfekt dafür. Der Verlierer musste ihn essen! Er hatte ihn für solche Gelegenheiten immer griffbereit, und es machte ihm Spaß, den Cowboys beim Schwitzen zuzusehen, während sie sich quälten, den Hackbraten zu essen.

Tacy wusste, dass sie neue Gäste davor warnen musste, doch Brent Stockwell leiden zu lassen war einfach zu verlockend gewesen. Doch so wütend sie auch wegen dieses Typen war, da war etwas an ihm, zu dem sie sich überwältigend hingezogen fühlte ... Sie und jede andere Frau auf dem Planeten! Nach allem, was sie auf den Titelseiten all dieser Klatschzeitungen gesehen hatte, hatte er eine ganze Parade schöner Frauen zu den verschiedensten Events ausgeführt. Vor zwei Jahren war es ein nationaler Zeitvertreib gewesen, sein Liebesleben zu verfolgen. Es war nur eine Frage der Zeit, bis jemand anderes als Tacy Brent erkannte. Und dann? Sie war gespannt, wie Mule Hollow damit umgehen würde, eine Berühmtheit zu Gast zu haben.

Die Sache war nur – was kümmerte sie das?

Vielleicht war sie ein bisschen neugierig, warum er vor zwei Jahren aus dem Rodeozirkus verschwunden war, als er gerade auf einer Erfolgswelle geritten war. Nein, es interessierte sie, weil er hier war, um ihr ihren Job wegzunehmen. Keine Neugier auf seine Vergangenheit und keine jugendliche Schwärmerei für diesen Mann würde diese Tatsache ändern. Das Einzige, was sie an Brent interessierte, war, wie man ihn dazu bringen konnte, seine Haltung zu ihrer Anwesenheit bei diesen Pferden zu überdenken. Vielleicht würde er es tun, wenn er ihr den Hackbraten verziehen hatte!

KAPITEL DREI

„**B**irdy!", schalt Tacy am nächsten Morgen, nachdem sie über etwas gestolpert war, das ihr nicht im Weg hätte liegen sollen, und sie ihre Kaffeetasse auf der Veranda fallengelassen hatte. Ein kurzer Blick nach unten offenbarte einen Stiefel, einen Cowboy-Reitstiefel mit angeschnalltem Sporn.

„Böser Hund", sagte sie, als ihr Blick auf Birdy fiel, die mit dem Kinn auf den Pfoten auf dem Bauch lag und erwartungsvoll zu Tacy aufblickte.

„Das war gar nicht gut, junge Lady", sagte sie und bückte sich, um ihre Tasse und den Stiefel aufzuheben. Sie ging zu ihrem Truck, warf den Stiefel hinein und sah Birdy noch einmal streng an.

„Du bringst mich in Schwierigkeiten, wenn du

anfängst, die Stiefel unserer Nachbarn zu stehlen. Die Stiefel eines Mannes sind tabu." Birdy neigte den Kopf und sah nicht im geringsten reumütig aus. „Ich meine es ernst – kein Stehlen mehr!"

Birdy bellte und wedelte mit dem Schwanz, wobei sie Tacys finsteren Blick völlig ignorierte, als sie die Heckklappe öffnete. „Ich habe so ein weiches Herz. Steig ein." Birdy sprang auf die Ladefläche, wirbelte herum und leckte Tacy über die Wange.

„Ja, ja, ich liebe dich auch."

Sie wusste, dass der Stiefel Brent gehören musste, und nach dem gestrigen Zwischenfall mit dem falschen Hasen freute sie sich nicht darauf, ihn zurückbringen zu müssen.

Die Gegenwart dieses Mannes ärgerte sie einfach, und er nahm zu viel von ihren Gedanken in Anspruch. Abgesehen von der Tatsache, dass sie ihn – den Bad Boy des Rodeozirkus' –, ärgerlich attraktiv fand, fielen ihr immer wieder die Dinge ein, die er bei ihrer ersten Begegnung gesagt hatte – dass er gestorben war. Was hatte er damit gemeint? Vor zwei Jahren war er ein so partyfreudiger Typ gewesen, dass es sie sich gefragt hatte, woher der Mann die Zeit nahm, an der Spitze der Rangliste zu bleiben.

Dann war er wegen eines angeblichen Familiennotfalls verschwunden. Er war einfach aus dem Wettbewerb ausgeschieden und von den Titelseiten der Klatschzeitungen verschwunden. Einfach weg.

Jetzt war er wieder da – in Mule Hollow – und nahm ihr ihren Job. Sie konnte Sheris und Paces Gründe verstehen. Sie hatten Brent ins Boot holen müssen, weil sie nicht rechtzeitig zurück sein würden, um ihren Vertrag zu erfüllen. Es waren nur sechzig Tage Zeit, die Pferde zuzureiten, bevor sie Ende Dezember abgeholt wurden. Da Pace nicht hier sein konnte, hatte er das Nächstbeste getan – Brent angerufen. Das waren Sheris Worte gewesen.

Sheri hatte Tacy gesagt, sie solle Brent überreden, sich von ihr helfen zu lassen. *Ja, klar.* So sehr sie auch lernen wollte, Pferde zuzureiten, sie war nicht die Art von Mädchen, die irgendjemanden um irgendetwas anbettelte. Andererseits war sie auch nicht die Art von Mädchen, die sich von einem Kerl sagen ließ, was sie tun konnte und was nicht. Vielleicht war das einer der

Gründe gewesen, warum sie ihn am Tag zuvor überredet hatte, diesen Hackbraten zu essen.

Sie hatte Rabbit für ein bisschen Bewegung auf die Weide gebracht, als sie vom Diner nach Hause gekommen war, und fast damit gerechnet, dass er auf sie warten würde, als sie zurück zum Stall geritten war. Doch er war nicht da gewesen. Wenn er scharfes Essen nicht gut vertragen konnte, würde der Hackbraten wahrscheinlich ein Loch in seinen Magen brennen.

Doch vielleicht mochte er scharfes Essen, denn jetzt kam er aus der Scheune, als sie den Truck parkte. „Hey, Cowboy!", rief sie, kletterte hinaus und ging mit dem Stiefel in der Hand auf ihn zu. „Ich bringe ein Friedensangebot", sagte sie und reichte ihm seinen Stiefel.

„Das ist mein Stiefel."

„Gut. Das ist in der Tat *Ihr* Stiefel", sagte sie.

Zu ihrer Überraschung lachte Brent.

„Das ist Ihr Friedensangebot? Mein eigener Stiefel?"

„Gefällt es Ihnen nicht?"

„Es gefällt mir sehr. Vielen Dank."

Sie grinste. „Gern geschehen", sagte sie, ging an ihm vorbei und auf Rabbits Box zu. „Hey, mein Junge", gurrte sie, als sie den Riegel anhob und eintrat. Brent war ihr in die Scheune gefolgt, lehnte jetzt am Tor und beobachtete sie. Ihr Puls begann wieder diesen Stepptanz aufzuführen, der sie überhaupt nicht glücklich machte.

„Warum sind Sie so hartnäckig dagegen, dass ich mit den Pferden arbeite?" Tacy hatte beschlossen, das Problem direkt anzugehen. „Ich bin hergekommen, um zu lernen, wie man Pferde trainiert, und jetzt stehen Sie mir im Weg. Ist es was Persönliches?"

„Sie reden nicht lange um den heißen Brei herum, was?", fragte er überrascht.

„Nein, tue ich nicht. Und Sie sind kein Chauvi, also wo liegt das Problem?"

Ein Grinsen breitete sich auf seinem hübschen Gesicht aus.

Sie warf die Pferdedecke auf Rabbits Rücken und spürte Brents Blick auf sich.

„Warum glauben Sie nicht, dass ich ein Chauvi bin, der einfach keine Frau da draußen haben will?"

„Nicht Ihr Stil." Sie ging an ihm vorbei, um ihren Sattel von seinem Ständer zu holen.

Er verschränkte die Arme und sah zu, wie sie den Sattel nahm. „Sie glauben, dass Sie Menschen lesen können, nicht wahr?"

Sie hielt grinsend inne. „Dumme Angewohnheit von mir."

„Und woher wussten Sie, dass ich falschen Hasen mag?"

Sie verzog das Gesicht. „Woher wissen Sie, dass das nicht nur ein Zufallstreffer war?"

Sie wollte an ihm vorbeigehen und blieb stehen, als er sich ihr in den Weg stellte.

„Das war keine Vermutung."

Sie schluckte, da sie nicht erwartet hatte, ihm so nahe zu kommen. „Okay", sagte sie und ging ihn herum, während ihr Puls raste. „Dann habe ich mich eben daran erinnert, mal gelesen zu haben, dass falscher Hase Ihr Lieblingsessen ist."

Er folgte ihr in die Box, und sie konnte ihn dicht neben sich spüren, als sie den Sattel auf Rabbits Rücken legte. Es war ihr so peinlich – es war nicht so, als ob sie regelmäßig diese Zeitschriften las. Nun, sie hatte die Titelseiten gelesen und gab zu, dass sie sie manchmal, wenn sie an der Kasse in der Schlange stand, durchblätterte und gezielt nach seinem Namen suchte.

„Sie haben in der Klatschpresse Geschichten über mich gelesen?"

Sie wirbelte zu ihm herum. „Warum überrascht Sie das? Beim Broncreiten haben Sie die Rangliste angeführt. Über Sie wurde in mehr als nur in Klatschzeitschriften geschrieben." *Mist.* Sie hatte gerade zugegeben, dass sie sich für ihn interessiert hatte.

„Sie sehen mir nicht gerade aus wie der Typ, der diesen Müll liest." Er verließ den Stall, und sie folgte ihm. Sein Sarkasmus und seine steife Haltung sagten ihr, dass er wirklich verärgert war.

Tacy hatte plötzlich das überwältigende Bedürfnis, sich zu rechtfertigen. „Ich lese sie nicht. Allerdings habe ich im *Horseman* einen Artikel über Sie gelesen", sagte sie. „Ich habe diese anderen Zeitschriften wirklich nie mehr als durchgeblättert. Ich bin ein Überschriftenleser an der Kasse im Supermarkt, das ist alles."

Zwischen dem Stall und dem Paddock blieb er

stehen. „Das meiste davon war nicht wahr. Es ist reine Fantasie."

„Doch neugierige Geister können manchmal nicht anders, als so etwas zu lesen." Ihr Kommentar ließ ihn finster dreinblicken. „Tut mir leid, ich wollte Sie nur aufziehen", sagte sie.

Sein Blick wirkte gequält, als er sein Lasso vom Zaun nahm und es enger aufrollte. Fast hätte sie aufgegeben. Aber nur fast. Etwas an seiner Art, wie er dastand, zum Zerreißen angespannt und hart wie ein Eisblock.

Misch dich nicht in etwas ein, das dich nichts angeht, warnte die Stimme in ihrem Kopf. Doch sie konnte nicht anders. „Also wollen Sie mich über die Wahrheit aufklären, oder nicht?"

Das leise Schnauben der Pferde, die sich auf der anderen Seite des Zauns bewegten, klang laut in der angespannten Stille, als er sich zu ihr umdrehte.

„Nein, will ich nicht. Sobald ich wieder in den Rodeozirkus einsteige, werden neugierige Reporter in meinem Leben herumstochern, und ich weiß nicht, welche Lügen und Halbwahrheiten sie sich einfallen lassen werden. Darum denke ich jetzt lieber nicht an all das." Sein Ton wurde ein wenig weicher, und sein vorwurfsvoller Blick wich einem, der sie geradezu um Verständnis anflehte.

Tacys Neugier wuchs, doch sie nickte nur. Schließlich war es seine Sache. Doch als Brent auf dem Absatz kehrtmachte und in den Paddock ging, konnte sie den Blick nicht von ihm abwenden. Was war ihm passiert?

Tacy stand eine Weile da, während Brent mit dem Seil arbeitete. Sein Rücken und seine Schultern bewegten sich kaum, wenn er das Seil über seinem Kopf wirbelte. Mit einer schnellen Bewegung ließ er die Schlaufe auf die Pferde zufliegen, und es war offensichtlich, welches Pferd er anvisiert hatte. Ob sich die Schlaufe problemlos um den Hals des Pferdes legen würde, war auch keine Frage.

Brent Stockwell war wandelnde Poesie. Cowboy-Poesie. Und als sich das Pferd, das er ausgewählt hatte, aufbäumte, die Hufe in die Luft schlug und den Kopf wild herumwarf, nahm Brent das Seil und ging ruhig und ohne Angst auf das unruhige Tier zu.

Während er sanft auf das Pferd einredete, beobachtete Tacy, wie das Tier seinem Charme erlag. Tacy hatte Angst, dass es ihr genauso ergehen würde. Nur dass sie ihren Traum nicht aufgeben würde. Oh nein, sie würde Pferde trainieren, mit oder ohne seine Hilfe. Sie würde sich selbst etwas vormachen, wenn sie behaupten würde, nicht von Brent fasziniert zu sein. Das war sie ... doch das spielte keine Rolle. Ihr Hauptziel war es, Brent davon zu überzeugen, ihr beizubringen, was er gerade getan hatte. Bevor sie Pferde zähmen konnte, musste sie diesen Mann zähmen!

KAPITEL VIER

An seinem dritten Morgen in Mule Hollow sprang Brent um zwanzig vor sechs in seinen Truck und fuhr zu Sam's Diner, um zu frühstücken. Er warf einen Blick auf Paces Haus, als er daran vorbeiging, und konnte nicht anders, als an den streitlustigen Rotschopf zu denken, der wahrscheinlich immer noch darin schlief.

Er hatte Tacy nicht eingeplant, als er zugestimmt hatte, diesen Job anzunehmen. Die Tatsache, dass sie von ihm wusste – oder glaubte, von ihm zu wissen – störte ihn. Es war nicht so, als wäre er *so* berühmt. Sein Bild war vor zwei Jahren auf den Titelseiten dieser Klatschzeitungen gewesen … Zum Glück erkannte ihn heute kaum noch jemand. Wenn doch, dann nur, weil sie irgendwie mit dem Rodeozirkus zu tun hatten. Sam war es so oder so egal. Normalerweise ließ er sich nicht davon stören, wenn ihn jemand erkannte und seine früheren Dummheiten erwähnte – mit Starlets und Models auszugehen und sich so aufzuführen, als wäre er jemand Besonderes. Tinas Unfall hatte ihn in mehrfacher Hinsicht zur Vernunft gebracht. Zu wissen, dass Tacy den ganzen Müll über ihn gelesen hatte – es störte ihn. Mehr als ihm lieb war.

Diese Frau war – *eine Nervensäge*, knurrte er. Eine Ablenkung, die ihn nicht stören würde, wenn sie sich nur vom Pferdestall fernhielt. Als er seinen Truck vor dem Diner parkte, verschwanden zwei ältere Männer vor ihm durch die Tür.

Als er eintrat, nahm er seinen Hut ab und erkannte, dass sie die ersten Gäste waren.

„Da sind Sie ja wieder", sagte Sam grinsend, als Brent sich auf denselben Hocker setzte, auf dem er vor zwei Tagen gesessen hatte.

„Ich bin zurück, aber –" er hob die Hände, „– ich denke nicht, dass ich den falschen Hasen nochmal essen werde."

Die beiden älteren Männer hatten ihr Damebrett auf den Tisch am Fenster gelegt und waren an der Theke stehengeblieben. Sie studierten ihn. Bei der Erwähnung des Hackbratens wichen ihre mürrischen Blicke einem Grinsen.

„Sie sind also der, der den falschen Hasen bestellt hat?", sagte der Dünne laut. „Großer Fernsehstar wie Sie hat sich reinlegen lassen, was?"

Brents Hände wurden bei der Erwähnung der Werbespots feucht. Sam hatte nichts dazu gesagt, doch Brent hätte wissen müssen, dass er die Werbespots gesehen hatte. Brent hatte während seiner Zeit im Rodeozirkus ein paar Werbedeals an Land gezogen.

Der andere Mann schüttelte seinen haarlosen Kopf. „Das ist nicht gut. Überhaupt nicht gut."

Brent wusste nicht, ob der Mann den Hackbraten oder die Werbung meinte. Brent war in beiden Punkten seiner Meinung.

Sam lachte und stellte eine Tasse Kaffee vor Brent ab. „Ich habe euch gesagt, dass Tacy ihn reingelegt hat. Sie hat ihm den Hackbraten empfohlen und ihm nichts von den Chilischoten erzählt."

Das brachte alle drei zum Lachen, und Brent konnte nicht anders, als mitzulachen. Er war erleichtert, dass sie mehr an Tacys Aktion interessiert zu sein schienen als an seiner Vergangenheit. Sie hatte ihn definitiv gut hereingelegt.

„Also, was haben Sie getan, um sie wütend auf sich zu machen?"

Brent sah den mageren Mann an. „Ich habe sie gefragt, was sie mir empfehlen kann. Sie hat den falschen Hasen empfohlen."

„Das ist Tacy. Ein echter Heißsporn. Übrigens, ich bin Applegate Thornton, aber Sie können mich App nennen", sagte der magere Mann und streckte seine Hand aus.

Brent schüttelte sie, froh, dass App seine Hand nicht genauso quetschte wie Sam.

„Und ich bin Stanley. Stanley Orr. Freut mich, Ihre Bekanntschaft zu machen. Sam sagte, Sie sind hier, um Pferde für Pace zu trainieren."

„Ja, so ist es."

Sam hatte während des ganzen Gesprächs geschmunzelt. „Deswegen hat Tacy ihn den Hackbraten essen lassen. Er hat sie damit überrascht. Das arme Mädchen hatte keine Ahnung, dass Sie hier auftauchen würden."

„Du meinst, sie wusste es nicht?" Apps Augen weiteten sich unter seinen buschigen Brauen.

Sam schüttelte den Kopf. „Sicher nicht. Pace und Sheri haben ihr nichts gesagt."

Stanley stieß einen leisen Pfiff aus. „Und sie ist nicht wütend geworden, sondern hat sich direkt revanchiert." Er und seine beiden Kumpels lachten darüber.

„Aber im Ernst", sagte Stanley, „warum sollte sie das wütend machen? Sie sind gut mit Pferden, also können Sie ihr das Gleiche beibringen, was Pace ihr beibringen wollte. Oder nicht?"

Brent wollte nicht darauf eingehen, doch es war nicht zu ändern. „Nein. Ich werde es ihr nicht beibringen."

Alle drei stöhnten.

„Weiß sie das?", fragte Stanley, als sich seine Kumpels mit hochgezogenen Brauen vorbeugten.

„Hey", sagte Brent und fühlte sich plötzlich

defensiv. „Ich habe ihr gesagt, dass ich sie nicht im Stall oder im Paddock bei Pferden haben will, und sie hat verschnupft reagiert. Warum sehen Sie mich alle so an? Es ist zu ihrem eigenen Besten."

„Sag es ihm, Sam", schnaubte Applegate. „Sie ist hierhergekommen, um zu lernen, wie man Pferde ausbildet", sagte Sam. „Das ist der einzige Grund, warum Tacy in Mule Hollow ist. Der kleine Heißsporn will sie nicht nur trainieren, sie will sie auch zureiten."

„Nur über meiner Leiche", murmelte Brent und trank einen großen Schluck Kaffee.

„Das kann leicht passieren, wenn Sie ihr in die Quere kommen", sagte Stanley und holte eine Handvoll Sonnenblumenkerne aus einem Beutel. „Sie hat sich das fest vorgenommen."

App verschränkte die Arme und musterte Brent mit warnenden Augen. „Ja, das hat sie, und ich denke nicht, dass sie der Typ ist, der sich von einem Cowboy erzählen lässt, was sie tun kann und was nicht."

„Sogar einem, der Parfum-Werbespots macht", fügte Stanley hinzu, zog eine buschige Braue hoch und grinste breiter.

„Na, wenn das mal nicht die Wahrheit ist", grunzte App und beugte sich vor, um Brent zu beschnuppern. „Männer – besonders Cowboys mit Selbstachtung – sollten nicht wie Mädchen duften."

So viel zum Thema nicht Aufziehen. Brent entschied sich dagegen, darauf hinzuweisen, dass es zwei Aftershave-Werbespots waren – wegen derer er von jedem Cowboy im Rodeozirkus gnadenlos gehänselt worden war.

Sam schmunzelte und genoss sichtlich Brents Unbehagen, bevor er Mitleid mit ihm hatte und das Gespräch wieder in Gang brachte „Ich kann mir einfach nicht vorstellen, dass Tacy aufgibt. Pace hat es ihr beibringen sollen."

App und Stanley nickten ernst. „Ja", sagten sie wie aus einem Mund.

„*Pace* hat gesagt, dass er das tun würde?" Brent gefiel nicht, was er hörte.

„Ja, hat er", sagte Sam und klatschte mit den Handflächen auf die Theke, während er Brent finster ansah. „Du hörst nicht zu. Sie ist nicht von hier. Sie ist nur hierhergekommen, um zu lernen, Pferde zuzureiten."

„Pace hat mir nichts davon gesagt. Tut mir leid, Leute, doch das ist eine Vereinbarung zwischen Tacy und Pace. Meine Vereinbarung mit Pace hat nichts damit zu tun, Tacy in Gefahr zu bringen. Auf keinen Fall bringe ich einer Frau bei, wie man sich auf den Rücken eines bockenden Pferdes schwingt." Nicht, nachdem er seiner Schwester genau dabei geholfen und sie fast umgebracht hatte.

„Beruhigen Sie sich wieder", sagte Stanley und legte Brent eine Hand auf die Schulter.

„Ja, Sie sehen auf einmal gar nicht gut aus", sagte App und sah ihn an. „Sie ist ein gutes kleines Ding. Kein Grund, was gegen sie zu haben."

Brent nahm seinen Kaffee. „Ich habe nichts gegen sie. Ich werde nur nicht derjenige sein, der ihr beibringt, ein Pferd zuzureiten. Darüber muss sie mit Pace reden, wenn er zurückkommt." Vielleicht musste er vorher mit Pace darüber sprechen. „Sam, wie wäre es mit ein paar Eiern?"

Sam grinste. „Kommen sofort."

Er ging in Richtung Küche, und App und Stanley

gingen zu ihrem Tisch und dem Damebrett. Er war sich nicht sicher, ob er verstand, warum jemand im Morgengrauen Dame spielen wollte. Jedem das Seine – sie mochten so früh Dame spielen; er mochte es, so früh zu reiten.

„Sam!", rief er. „Und keine Spielchen. Ich hatte entsetzliches Sodbrennen von deinen Chilischoten mit Hackfleischbeilage."

Alle drei Männer fanden das lustig und johlten und lachten. Brent schloss sich ihnen nicht an, da seine Gedanken wieder zu Tacy zurückkehrten. Er hoffte, sie würde ihn nicht bitten, ihr beizubringen, Pferde zuzureiten. Sie hatte ihm gesagt, dass er ihr im Weg stand, und ihm erklärt, dass sie sich für dazu imstande hielt – seine Schwester hatte dasselbe geglaubt, und nur durch die Gnade Gottes war sie noch am Leben. Brent war dankbar dafür und hatte absolut nicht die Absicht, noch einmal an dieser Art von Dummheit mitzuwirken.

Vor allem nicht bei Tacy Jones. Die Frau war wie ein wilder Bronco. Es wäre eine Schande, zu riskieren, dass jemandem, der offensichtlich so voller Leben war, etwas zustieß.

Falls sie ihn fragen würde, würde er einfach nein sagen.

Es gab viel schlimmere Dinge im Leben, als sich mit einem Nein abfinden zu müssen.

„Also hatte ich diese Idee zu einem Thanksgiving-Festival", sagte Norma Sue Jenkins.

Tacy hatte gerade Kaffee in Normas Tasse gegossen und die von Normas Freundinnen nachgefüllt und konnte nicht anders, als ihrem Gespräch zuzuhören. Sie mochte es, wenn sie zum Nachmittagskaffee hereinkamen, wenn es im Diner ruhig war, weil die Cowboys alle bei der Arbeit waren. Norma war zum Schießen, eine robuste Rancherin mit einer robusten Persönlichkeit. Zusammen mit ihren Freundinnen Esther Mae Wilcox und Adela Green – Sams Frau – war Norma das Herz dieses winzigen Ortes. Die drei alten Frauen liebten Mule Hollow und waren bereit, alles dafür zu tun, es am Leben zu erhalten und zu einem Ort zu machen, in den Leute von außerhalb umzogen, um ihre Familien großzuziehen.

„Nun, ich hoffe, es ist etwas Neues", sagte Esther Mae und tätschelte ihr rotes Haar. „Ich langweile mich ein bisschen mit den ewig gleichen alten Jahrmärkten."

Adela, eine zierliche Frau mit einem sanften Lächeln und weißem Haar, nickte. „Ich auch. Wir brauchen etwas, damit die Besucher immer wieder kommen wollen. Erzähl uns mehr von deiner Idee, Norma."

„Kürbisweitwurf", sagte sie und grinste so breit, dass sie selbst ein bisschen wie ein grinsender Kürbis aussah. „Oder besser Kürbisschleudern, wenn euch das lieber ist."

Esther Mae keuchte. „Du meinst, wo die Teilnehmer diese lustigen Geräte bauen und sehen, wer seinen Kürbis damit am weitesten schießen kann?"

Norma nickte begeistert. „Ja, genau das meine ich. Ich glaube, das hat das Zeug zu einem Hit!"

„Oh, das denke ich auch!" rief Esther Mae begeistert. „Ich habe es in einer Fernsehsendung gesehen, und diese Leute hatten eine Menge Spaß dabei, diese seltsam aussehenden Apparate und Kanonen und so weiter zu bauen."

Sam kam um den Tresen herum, sein Interesse war geweckt. „Manche von den Dingern sind riesig."

„Ich weiß", nickte Norma Sue. „Und ich habe meinem Roy Don gesagt, dass ich selbst eine bauen will."

Das erregte Tacys Aufmerksamkeit. „Wissen Sie, wie das geht?"

Adela lächelte süß. „Oh, unsere Norma Sue ist ein Meister darin, Geräte aller Art zu reparieren. Ich bin sicher, sie könnte einen solchen Apparat bauen. Nicht wahr, Liebling?", fragte sie und blickte zu Sam auf. Er strahlte seine Frau an wie ein verliebter Schuljunge, und Tacys Herz schmolz.

„Oh ja. Die Musicbox hier war eine Katastrophe, bis Norma Sue sie endlich repariert hat."

Verwirrt warf Tacy einen Blick auf die bunte alte Jukebox in der Ecke. „Aber sie spielt nicht immer das richtige Lied."

Esther Mae schnaubte und runzelte die Stirn, als sie zur Maschine hinüberblickte. „Glaub mir. Sie hat nie das richtige Lied gespielt. Hat mich wahnsinnig gemacht. Zum Glück hat Norma daran gearbeitet, und jetzt ist es viel besser."

„Ich werde sie eines Tages ganz reparieren", sagte Norma und beäugte die Maschine kritisch. „Im Moment denke ich, dass sie ein Recht darauf hat, eine Macke zu haben. Also, was denkt ihr? Ich werde Lacy und dem Rest des Festivalkomitees von meiner Idee erzählen. Seid ihr alle an Bord?"

„Sicher sind wir an Bord", sagte Sam. „Ich kann schon App und Stanley hören, wenn sie davon erfahren. Wenn du einen Apparat baust, werden sie wahrscheinlich auch einen bauen, um dich zu schlagen, Norma Sue."

Esther Mae räusperte sich und verschränkte die Arme vor ihrer mit rosa Velours bedeckten Brust. „Die beiden könnten keine Zwille bauen, die mit irgendwas mithalten könnte, was Norma Sue bauen kann."

Sam grinste. „Es spielt keine Rolle, ob sie es könnten oder nicht. Ich habe nur das Gefühl, dass wir einen kleinen Wettbewerb unter Freunden haben werden, wenn sie hören, dass Norma eine Maschine baut."

Norma Sues Grinsen breitete sich langsam über ihr

Gesicht aus wie eine sich entfaltende Kriegsflagge. „Wenn die Jungs mich herausfordern wollen, sag ihnen, dass sie es gerne versuchen können."

Tacy lachte. Mule Hollow war gerade viel interessanter geworden. Sie hatte schon erfahren, dass App und Stanley gerne auf Norma Sue und Esther Mae herumhackten, und sie hatte das Gefühl, dass es Spaß machen würde, das zu sehen. Vielleicht würden sogar ein paar Funken fliegen.

* * *

Brent arbeitete mit einem sturen Jungpferd, als Tacy am nächsten Morgen auf den Hof fuhr. Er sah nicht in ihre Richtung, obwohl er versucht war. Das Mädchen hatte Mumm. Sie war schlank und langbeinig wie ein Fohlen, doch an Tacy war nichts schlaksig oder unbeholfen. Sie war schnell auf den Beinen, und er hatte bemerkt, dass sie mit ihrem Pferd sehr entspannt umging. Es war nicht zu leugnen, dass sie ein Händchen dafür hatte.

Er hatte ihr beim Reiten zugesehen und wusste, dass sie gut war. Vor zwei Jahren, bevor seine

Schwester verletzt worden war, bevor er seine Lektion gelernt hatte, hätte er kein Problem damit gehabt, ihr beizubringen, wie man ein Pferd zureitet. Damals war er ein Narr gewesen.

Er konnte Tacys Augen auf seinem Rücken spüren, als sie zusah, wie er mit dem Pferd arbeitete. Es war ein nervöses Tier, und Vertrauen zwischen ihm und dem Pferd aufzubauen war das Wichtigste, um es auf sanfte Weise dazu zu bringen, einen Menschen auf seinem Rücken zu erlauben.

„Sie vertraut dir heute mehr", sagte Tacy mit sanfter Stimme.

„Sie ist intelligent. Nervös, aber intelligent."

„Ich denke, das würdest du wahrscheinlich über jedes Mädchen sagen, das tut, was du ihm sagst."

Sie witzelte, doch sie meinte es ernst. Er tätschelte dem Pferd den Hals und sagte nichts. Vielleicht würde sie Rabbit reiten gehen und ihn in Ruhe lassen.

„Wie lange arbeitest du schon mit ihr?", fragte sie.

Die Stute erschrak und bockte von ihm weg. Brent hielt das Seil fest, damit sie nicht zu weit weg konnte, drehte sich mit ihr um und sah Tacy direkt an.

„Eine kleine Rebellin", sagte sie, bevor er ihr antwortete. „Ich mag dieses Pferd."

„Hätte ich mir denken können."

„Ah, der Mann kann sprechen."

Er grinste. „Wenn er will. Bin ein bisschen erstaunt über das ‚Du', aber nichts dagegen"

„Wo wir doch jetzt so eng zusammenarbeiten … Also um wieviel Uhr hast du angefangen?"

Er sah in die tiefbraunen Augen der Stute. „Halb sieben. Wieso fragst du?"

„Ich frage mich nur, wann ich morgens herkommen sollte, damit ich alles mitansehen kann."

„Hast du kein Pferd zu Reiten?"

„Nicht heute." Sie verschränkte die Arme auf der Sprosse des Zauns und legte ihr Kinn darauf. Ihre Augen funkelten.

Brents Magen zog sich zusammen, als er sie ansah. „Ich bin hier, um zuzusehen."

Er sprach sanft mit dem Pferd, während er Tacy beobachtete. Die Frau akzeptierte kein Nein als Antwort … und obwohl er diese Eigenschaft an einem Mann oder einer Frau bewunderte, war er im Moment nicht allzu glücklich darüber.

„Steh nicht nur rum – ignorier mich einfach und mach mit dem weiter, was du gemacht hast, bevor ich gekommen bin", sagte sie und kicherte wie klirrendes Glas.

„Das ist irgendwie schwer, wenn du mich ablenkst."

„Aber, Mr. Stockwell, ich hatte ja keine Ahnung, dass Sie so für mich empfinden."

Er schüttelte den Kopf. „Sehr witzig", brummte er, als seine Konzentration ein für alle Mal den Bach runterging. Er würde ein langes Gespräch mit ihr führen, nachdem er mit dem Rotschimmel fertig war.

„Du hast den Sattel in den Paddock gebracht. Heißt das, du willst versuchen, sie zu satteln?"

Er drückte seine Hand entlang der Hüfte des Pferdes, und sie wich von dem Druck zurück, so wie er es gewollt hatte. Dann warf er ihr das Ende seines Seils über den Rücken, und sie akzeptierte es mit nur wenig Ohrenzucken und einem Nicken. Er hatte zwei Tage mit der Stute gearbeitet, um sie an ihn und das Seil zu gewöhnen. Heute würde er die Satteldecke über ihren

Rücken legen und dann den Sattel. Morgen würde er sie reiten. Er hatte Tacy nichts davon gesagt. Es klang einfach – und das war es auch, wenn man wusste, was man tat. Doch es konnte immer noch etwas schiefgehen.

Zu seiner Überraschung stellte Tacy keine weiteren Fragen. Sie beobachtete ihn nur. Er warf ihr einen Blick unter seinem Stetson hervor zu, und es entging ihm nicht, dass sie mit ihren wachen grünen Augen jede seiner Bewegungen verfolgte. Sie zwinkerte, als sie seinem Blick begegnete, sagte aber nichts.

Er ging zum Zaun und hob die Satteldecke auf. Während er das Seil hielt, legte er die Decke über den Rücken des Pferdes. Sie ließ ihn ohne großen Protest gewähren.

„Gutes Mädchen", gurrte er, hob die Decke mehrmals hoch und ließ sie wieder fallen. Jedes Mal akzeptierte sie sie, ohne zu versuchen, wegzurennen. Ihr Vertrauen wuchs. Nach ein paar weiteren Minuten ging Brent den Sattel holen.

KAPITEL FÜNF

Tacy war überrascht gewesen, dass Brent keinen Anfall bekommen hatte, weil sie geblieben war, um ihn zu beobachten. Gut. Sie wusste, dass sie ihm wahrscheinlich lästig war, doch sie konnte nicht anders. Sie war am Tag zuvor herausgekommen und hatte sich *gezwungen*, an dem Paddock vorbeizugehen, in dem er arbeitete. Sie hatte Rabbit gesattelt und sich um ihre Angelegenheiten gekümmert, bevor sie nach Hause gegangen war, um sich für die Arbeit fertigzumachen. Nicht heute. Sie hatte es einfach nicht geschafft. Sie dachte sich, wenn sie ihn daran gewöhnte, dass sie in der Nähe war, würde er irgendwann nachgeben. So wie er ein Pferd zuritt. Der Gedanke ließ sie lächeln, als sie zusah, wie das Vertrauen des Rotschimmels zu ihm wuchs.

Wirklich, worüber machte er sich solche Sorgen? Sie konnte tun, was er tat. Kein Problem. Ihn zu beobachten machte sie selbstbewusster denn je. Wenn Tacy eines nicht fehlte, dann Selbstvertrauen. Sie wusste, dass sie eine gute Trainerin sein würde, wenn sie die Chance dazu bekam.

Als Brent nach dem Sattel griff, hielt sie den Atem an. Sie wollte Fragen stellen, hielt sich aber zurück.

Er hatte das Pferd ansatzweise an die Decke gewöhnt und redete jetzt leise und benutzte Klickgeräusche, um seine Beziehung auf die nächste Stufe bringen. Einhändig – etwas, das sie nie schaffen würde – legte er den Sattel auf den Rücken des Pferdes. Es bewegte sich kaum. Kein Zucken, kein Sprung oder Buckeln. Nichts. Seine Nasenflügel bebten und seine Ohren zuckten, doch das Tier stand da, und nur diese großen Samtaugen bewegten sich, um Brent anzusehen.

Ja, kein Zweifel, der Mann wusste, was er tat. Und er ließ es einfach aussehen. Sie hatte ihre Brüder schon mit schwierigen Pferden arbeiten sehen, und es lief nie so reibungslos. Sie beobachtete ihn eine weitere Stunde lang, während er das Pferd geduldig an den Sattel und die Gurte gewöhnte. Zu schweigen und keine Fragen zu stellen gehörte zu den schwierigsten Dingen, die sie je getan hatte.

Als er den Rotschimmel endlich auf die Weide ließ und mit Sattel und Decke aus dem runden Paddock kam, ging sie neben ihm her.

„Das war wirklich toll. Ich habe noch nie erlebt, dass ein Pferd so bereitwillig von grün zu sattelreif geht."

Er blieb stehen, warf den Sattel auf das Holzgestell direkt im Scheuneneingang und die Decke auf das Gestell, dann drehte er sich schnell zu ihr um. Diese Bewegung brachte sie so nahe, dass Tacy einen Schritt zurückweichen musste, um ihn anzustarren. Es fühlte sich an, als stünden sie sich zu einem Kampf gegenüber. Mit einem Blick in seine stürmischen Augen erkannte sie, dass das eine angemessene Einschätzung der Situation war.

„Ich spiele dieses Spiel nicht mit dir", presste er heraus, sein ruhiger, vertrauensvoller Ton war verschwunden.

„Welches Spiel?" Dann konnte sie ihn auch genauso gut wütend machen – sie war es schon. Der Mann hatte wirklich etwas an sich, wenn er kurz davor war zu explodieren.

„Du weißt genau, wovon ich rede", murmelte er und begegnete ihrem Blick mit stählernen Augen.

Sie blieb cool. „Ich habe gerade deine Technik bewundert."

Sein Kiefer verkrampfte sich, und sie empfand plötzlich den Drang, ihn zu streicheln. Doch das geschah nicht. Es wäre kein kluger Schachzug, Brent Stockwell zu berühren.

„Du hast Spaß, nicht wahr?", fragte er leise, und es klang ein bisschen wie Clint Eastwoods „Make my day".

„Vielleicht", sagte sie, und ihr Puls rauschte wie Stromschnellen. Sie konnte die Warnsignale sehen, die Alarmglocken läuten hören. Doch hielt sie das auf? Oh nein, der Nervenkitzel war zu verlockend – ganz zu schweigen davon, dass sie es wirklich hasste, wenn jemand nein zu ihr sagte. Sie lächelte. „Du hast doch nicht erwartet, dass ich einfach aufgeben würde."

„Doch, das habe ich." Seine Schultern versteiften sich und brachten seine Brust näher zu ihr. „Wenn du weißt, was gut für dich ist, solltest du besser zuhören."

Sein Atem strich über ihre Haut wie warmer Honig auf Toast.

Tacys Retourkutsche blieb ihr im Hals stecken. Sie starrten einander an, ihr Blick wanderte zu den grimmigen Linien seiner Lippen. Das war nicht gut. Ihre Gedanken brachen ab, als er sich plötzlich abwandte und zum Scheunentor ging. Er schlug mit der Hand auf das raue Holz und starrte zur Hütte hinaus, jede Linie seines Körpers angespannt, als die Sonne ihn wie mit einem orangefarbenen Scheinwerferlicht umriss. Staub tanzte im Licht und bildete eine verschwommene Aura um ihn herum – was wenig half, um die von ihm ausgehende Spannung zu mildern.

Sie war atemlos. Sie hatte noch nie eine so wahnsinnige Anziehung erlebt ... Doch das war nicht nur Anziehung; es war ein intensives geistiges Kräftemessen, und sie war wütend. Dieser Cowboy verlangte von ihr, dass sie tat, was er sagte. Und nannte sie dumm, wenn sie es nicht tat ... ha!

Sie ging an ihm vorbei ins Sonnenlicht und blieb stehen, um über ihre Schulter zu blicken. „Nur damit du es weißt, Ich mag es nicht, wenn mir gesagt wird, was ich tun soll. Und falls du keinen Weg findest, mich vom Grundstück auszusperren, hast du mich an der Backe, Cowboy."

Er war eindeutig unglücklich, doch sie war zu wütend, um sich darum zu scheren, als sie zu ihrem Truck ging. „Einen schönen Tag noch", warf Tacy über die Schulter, bevor sie einstieg und losfuhr.

Es war ein Wunder, dass sie bei all dem wütenden Dampf, der von ihr ausging, die Straße sehen konnte.

„Mama, ich habe ihm versprochen, diese Pferde zuzureiten." Brent war so wütend gewesen, dass er nicht sofort hatte denken können, nachdem Tacy gegangen war. Er war in die Hütte gegangen, um ein Glas Wasser zu trinken, als das Telefon klingelte. Er hatte sich vor einem weiteren Gespräch mit seiner Mutter gefürchtet, in dem es darum gehen würde, warum er an

Thanksgiving nicht nach Hause kam. Die Wahrheit war, er war noch nicht bereit ...

„Brent. Wir vermissen dich. Und Thanksgiving ist einfach nicht dasselbe, wenn du nicht hier bei uns bist. Tina möchte wirklich, dass du nach Hause kommst. Es geht ihr gut –"

„Mom, wenn ich nach Hause komme, ist das nur wieder eine Erinnerung daran, was ich sie gekostet habe. Du weißt, Dad will mich nicht wieder da haben. Und das aus gutem Grund."

„Brent, dein Vater ist ein harter Mann, aber er ist ein guter Mann. Er vermisst dich."

Er starrte zu Boden und blinzelte, spürte die Enttäuschung seines Vaters bis ins Innerste seiner Seele. Sein Vater hatte ihm fast alles beigebracht, was er wusste. Alles, was Jonas Stockwell je gewollt hatte, war, dass sein Sohn ein verantwortungsbewusster Mann wurde. Monate vor der Tragödie hatte er Brent gewarnt, dass er sich den Erfolg zu Kopf steigen ließ. Er hatte ihn immer und immer wieder gewarnt, dass ein echter Mann ein von Gott gegebenes Talent wie das von Brent nicht nehmen und riskieren würde, es wegzuwerfen, wie er es tat. Wie oft hatte er Brent gesagt, dass er seine Ziele aus den Augen verloren hatte?

Er hatte Recht gehabt. Nur hatte Tina dafür bezahlt, weil Brent zu betrunken und zu großspurig gewesen war, um nein zu sagen. Ihr zu sagen, dass es für sie zu gefährlich war, auf das unruhige junge Tier zu steigen, das er zum Zureiten nach Hause gebracht hatte. Seine Schwester war ein bisschen stur und hatte nicht auf ihn hören wollen. Am Ende hatte er sie nicht nur auf das Pferd steigen lassen, weil der Alkohol seinen gesunden Menschenverstand beeinträchtigt hatte und er zu sehr von sich eingenommen war. Er hatte ihr geholfen. Das konnte ihm sein Vater nicht verzeihen.

Brent verstand das völlig. Er würde sich das auch nie verzeihen.

„Mom, es ist am besten, wenn ich nicht nach Hause komme."

Ein paar Minuten später, nach einigen weiteren Protesten, verabschiedete er sich von seiner Mutter und ging auf die Veranda. Thanksgiving war in drei Wochen. Was ihn anging, hätte er gerne ganz darauf verzichtet. Bis zu dem Tag, an dem Tina zu hundert

Prozent genesen war, konnte er in seinem Herzen keinerlei Dank spüren.

Er war hier, zurück aus der Wildnis von Idaho, nur weil Pace ihn darauf hingewiesen hatte, dass Brent aufhören musste, sich zu verstecken. Auch wenn er sich nicht verzeihen konnte, konnte er etwas von seiner Selbstachtung zurückgewinnen. So viel schuldete er seinem Vater. Paces Jobangebot anzunehmen, diese Pferde auszubilden, sein Leben wieder in den Griff zu bekommen … das könnte ein Weg sein, seinem Vater zumindest zu zeigen, dass er aus seinen Fehlern gelernt hatte. Sein Vater sah es so, dass ein Mann die Verantwortung für seine Fehler übernehmen und sie korrigieren musste. Brent stimmte zu. Doch er konnte Tina nicht wieder gesund machen. Er konnte nur noch versuchen, wieder etwas aus seinem Leben zu machen. Bis dahin konnte er seinem Vater nicht in die Augen sehen.

Er atmete die frische Novemberluft ein und beobachtete Birdy. Sie hatte sich entschieden zu bleiben und lag ausgestreckt auf der obersten Stufe und blickte zu ihm auf. Sie war eine Erinnerung daran, dass Tacy bald zurück sein und ihn wieder in den Wahnsinn treiben würde. Ein süßer Heißsporn, doch sie hatte keine Ahnung, was sie von ihm verlangte. Keine Ahnung, dass ihre Bitten etwas waren, das niemals passieren würde, solange er sich um diese Pferde kümmerte.

„Nein, das wird nicht funktionieren", sagte Applegate und starrte auf das Papier auf dem Tisch am Fenster.

Stanley funkelte ihn an. „Das wird es, alter Kauz."

Tacy war schockiert gewesen, als sie zur Arbeit gekommen war und App und Stanley ohne Damebrett an ihrem Tisch sitzen sah. Stattdessen hatten sie Bleistifte und Papier, auf denen sie grobe Skizzen irgendwelcher Apparate sah.

„Lass mich raten, ihr Jungs baut ein Kürbiskatapult."

„Das würden sie gerne!", rief Norma Sue von einer Sitznische auf der anderen Seite des Raumes aus.

„Das werden wir", sagte Stanley, griff nach den Seiten und schob sie ordentlich zusammen.

„Scheint, als hätten wir hier einen kleinen

Wettbewerb."

„Ja", sagte Applegate und warf Norma Sue einen finsteren Blick zu.

Tacy hatte schlechte Laune gehabt, als sie zur Tür hereingekommen war, immer noch aufgebracht wegen ihres neuen Nachbarn – Mr. Nervensäge Stockwell. Trotzdem ließ sie der Funke der Herausforderung im Raum lächeln, und sie konnte nicht anders, als ein bisschen mitspielen.

„Stimmt es, was ich über Norma Sue höre, dass sie ein Genie bei allem Mechanischen ist?"

Stanley hustete, als App schnaubte: „Ich bin selbst keine Niete. Sie repariert Toaster ... ich repariere Ölbohrinseln. Habe ich jahrelang gemacht."

Stanley grinste. „So ist es. Sieht also so aus, als ob wir einen wirklich guten Wettbewerb haben werden."

Jess Tomlin saß App und Stanley gegenüber am Tisch und warf Tacy seine endlosen Blicke zu. Sie war zu sehr mit Gedanken an Brent beschäftigt gewesen, um ihr übliches fröhliches Geplänkel zu beginnen. Jetzt mischte er sich ein.

„Ihr wisst alle, dass Kürbisschleudern für manche

Leute eine ernste Angelegenheit ist. Sie arbeiten das ganze Jahr über an ihren Maschinen."

Norma Sue kicherte. „Das ist hier keine Weltmeisterschaft. Wir veranstalten nur einen freundlichen kleinen Anfängerwettbewerb. Keine Kürbiskanonen oder sowas in der Art. Ich habe eine gesehen, bei dem sie mit einer dieser großen Kanonen einen Kürbis fast eine Meile weit schießen konnten."

„Das machen sie mit Druckluft", sagte Applegate und rieb sich das Kinn.

„Und das kann gefährlich sein", sagte Jess. „Am liebsten sehe ich mir Trebuchets und Katapulte an."

„Was ist ein Trebuchet?", musste Tacy fragen. Sie hätte nie gedacht, dass Jess sich für etwas anderes als Frauen und Pferde interessieren könnte. Er grinste sie an.

„Ein seltsamer Apparat, der einen Arm hat, der sich vertikal dreht und den Kürbis fliegen lässt. Manche Leute bringen den Arm zum Drehen, indem sie ein Fahrrad daran koppeln. Das gleiche kann man auch mit einem Katapult machen, denke ich."

„Ich habe eins von den Dingern gesehen", sagte

Norma Sue und strich sich ihr krauses graues Haar aus dem Gesicht, was aussah, als würde sie sich ein Stück Stahlwolle hinters Ohr stecken. „Es war das seltsamste Gerät." Sie kicherte. „Ich glaube nicht, dass wir uns Sorgen machen müssen, dass App und Stanley Fahrrad fahren, um ihre Kürbisse zu schleudern."

Im Diner lachten alle, und Applegates finsterer Blick verschwand, als selbst er mitlachte. „Nun, Norma, das ist eine Sache, mit der ihr nicht rechnen müsst. Es würde uns jedoch allen einen Kick geben, wenn du auf ein Fahrrad hüpfen und losstrampeln würdest!"

„Oh!", quietschte Esther Mae. „Ich würde bezahlen, um das zu sehen." Sie grinste, bis Norma Sue sie wütend ansah. Sie starrte zurück. „Was? Das würde ich."

„Vielleicht würde ich auch dafür bezahlen, dich dabei zu sehen. Du bist diejenige, die immer auf ihrem Miniaturtrampolin herumhoppelt."

„Das könnte ich. Ich weiß, dass ich es könnte."

Jess stand auf und schlenderte hinüber, um über Tacys Schulter Apps Skizze anzusehen. Jetzt, wo Tacy sie genauer betrachtete, konnte sie sehen, dass es eine

77

Art Kanone war.

„Sir, ich dachte, wenn Sie wirklich einen Wettbewerb haben wollen, würde ein Katapultwettbewerb Spaß machen", sagte Jess. „Ich würde mich gerne an einem versuchen … und da das das erste Mal für Mule Hollow ist, wäre es ein Anreiz für andere, auch mitzumachen, wenn es nur eine einfachere Kategorie gibt."

„Ich weiß nicht", grübelte Applegate und spuckte die Hülse eines Sonnenblumenkerns in seinen Spucknapf. „Ich dachte eher an eine Kanone. Die Idee gefällt mir irgendwie."

Jess lachte, aber als Tacy ihn ansah, waren seine Augen ernst. „Bei vielen dieser Kanonen haben die Teams Ingenieure und dergleichen, um dafür zu sorgen, dass niemand verletzt wird. Druckluft kann gefährlich sein."

„Willst du behaupten, dass ich nicht vorsichtig wäre?", bellte App und straffte seine dünnen Schultern.

„Nun, nein, Sir. Ich meinte nur, na ja, wissen Sie, andere Leute. Sie nicht, Sir. Sie wären vorsichtig, da bin ich mir sicher."

„Darauf kannst du Gift nehmen, Junge. Habe ich dir jemals erzählt, dass ich dreißig Jahre auf den Bohrinseln gearbeitet habe und die beste Sicherheitsbilanz habe?"

„Also, nein, Sir, das wusste ich nicht."

Tacy verbarg ein Lächeln und amüsierte sich über Jess' Nervosität.

„Er hat Recht", sagte Stanley und sprang schließlich ein, um ihm zu helfen. „Wir würden nicht wollen, dass jemand bei ein bisschen Spaß verletzt wird."

„Ich bin für die Katapulte", sagte Norma Sue. „Schließlich haben wir nicht viel Zeit, um diesen Wettbewerb zum Laufen zu bringen. Was denkt ihr alle?"

App und Stanley sahen einander an und nickten. „Einverstanden", sagten sie.

Es wurde beschlossen, dass es Katapulte sein sollten und in diesem ersten Jahr der Wettbewerb nur für Leute aus der Gegend sein sollte. Jeder in der Nähe von Mule Hollow könnte mitmachen, doch sie würden nicht dafür werben, damit sich jemand anderes anmeldete. Vielleicht nächstes Jahr, sagte Applegate, und Tacy konnte sehen, dass hinter seinen schelmischen alten Augen Visionen von Kanonen Formen annahmen.

„Du scheinst dir Sorgen zu machen", sagte Tacy ein paar Minuten später mit gedämpfter Stimme, als sie Jess sein Mittagessen brachte. Er beugte sich vor.

„Ich wollte nicht, dass sie verletzt werden. Hast du das Ding gesehen, das App gezeichnet hat? Es war ein Monster."

Sie lächelte über seinen Einfallsreichtum. „Weißt du, Jess, ich bin beeindruckt. Das war clever von dir."

Er zwinkerte ihr zu. „Beeindruckt genug, um meiner Einladung zu einem Date zuzustimmen?"

Sie lachte. „Ich habe es dir gesagt, Cowboy. Ich date nicht. Auch wenn du es geschafft hast, mich zu beeindrucken", sagte sie und erwiderte sein Zwinkern, als Brent das Diner betrat. Sie begegnete seinem Blick quer durch den Raum, und ihre Wut, die sich verflüchtigt hatte, schoss wie ein Fieberschub wieder in die Höhe.

„Wo sind heute alle deine Kumpels?", fragte sie Jess und beobachtete, wie Brent zur Theke ging. Sollte er sich doch setzen und ein paar Minuten warten.

„Sie sind auf Zaunpatrouille stecken geblieben und hinken mit der Arbeit hinterher. Ich dachte, ich hätte dich heute ganz für mich. Junge, hab ich mich geirrt."

„Wie bist du da rausgekommen?", fragte sie und warf einen Blick in Brents Richtung.

„Ich durfte meinen Ballettunterricht nicht verpassen. Heute war die Anprobe für meinen Tutu, also hat mich Clint in die Stadt fahren lassen."

„Oh, das ist gut", sagte sie, wandte sich wieder Jess zu und fand ihn amüsiert grinsen. „*Was?*"

„Ich habe dir gerade erzählt, dass ich zum Ballettunterricht und zur Anprobe meines Tutus in die Stadt gekommen bin."

Tacy runzelte die Stirn. „Warum um alles in der Welt erzählst du mir sowas Verrücktes?"

„Ich schätze, um herauszufinden, warum du deine Augen nicht von diesem neuen Broncreiter lassen kannst."

Tacy warf Jess einen finsteren Blick zu. „Ich habe nur einen Blick in seine Richtung geworfen."

„Ja, und mein Name ist Elvis Presley", sagte er mürrisch. „Habe ich Konkurrenz? Du weißt, dass ich selbst etliche Rodeos gewonnen habe, wenn dich sowas beeindruckt."

„Kaum. Ich habe dir schon gesagt, du verschwendest deine Zeit mit mir. Ich werde dich nicht daten und Mr. Charmebolzen da drüben erst recht nicht." Sie nickte Jess entschlossen zu. Dann holte sie tief Luft und ging zu Brent hinüber. Sie konnte genauso gut hinter sich bringen, was sich nicht vermeiden ließ.

KAPITEL SECHS

Brent war sich nicht sicher, warum er sich entschieden hatte, zum Mittagessen in die Stadt zu kommen. Er hatte gewusst, dass Tacy arbeiten würde und dass sie immer noch sehr angepisst auf ihn sein würde.

Trotzdem war er hergekommen.

Sie hatte Spaß und lächelte und zwinkerte ihrem Freund zu, als er hereinkam. Ein Blick in seine Richtung, und sie war kalt wie ein Eiswürfel geworden.

„Also, was darf's sein?", fragte sie und blieb vor ihm stehen, gerade als Sam aus der Küche kam.

„Hey, Brent. Kommst du zurück, um mehr falschen Hasen zu essen? Oder um meine hübsche Kellnerin zu sehen?"

Brent hob die Hände. „Kein Hackbraten. Ich bin für einen Burger hier", erklärte er und wandte sich dann Tacy zu. „Und ich bin auch da, um Ihre hübsche Kellnerin zu sehen."

Sie sah aus, als hätte er sie überrascht, als sie blinzelte.

Mit einem schiefen Lächeln sagte Sam: „Dann lassen Sie sich nicht von mir stören. Ich gehe den Burger auf den Grill werden."

Den ganzen Weg vor sich hin schmunzelnd verschwand er in der Küche. Brent sah zu, wie Tacy ein Glas nahm und es mit Eistee füllte. Sie musste automatisch angenommen haben, dass er Tee wollte, nachdem er das letzte Mal welchen bestellt hatte. Das tat der unerwarteten Freude, als er bemerkte, dass sie sich an sein Lieblingsgetränk erinnerte, keinen Abbruch – doch er ignorierte es.

„Ich bin gekommen, um mich dafür zu entschuldigen, dass ich dich wütend gemacht habe."

Sie zögerte, bevor sie das Glas vor ihm abstellte und es kurz über der Serviette schweben ließ, während sie seine Worte verarbeitete. Dann stellte sie es ab und verschränkte die Arme. „Irgendwas sagt mir, dass in dieser Entschuldigung nicht genug Reue liegt, dass keine Einladung folgt, dir bei der Ausbildung diese Pferde zu helfen."

Sie war hartnäckig.

„Nein. Ich werde das nicht tun. Ich habe meine Gründe."

„Und?", sagte sie und hob fragend eine Braue.

„Und ich sehe keinen Grund, mich dafür zu rechtfertigen."

Sie öffnete den Mund, um etwas zu sagen, dann schloss sie ihn wieder. Ihre grünen Augen blitzten. „Typische Männerentschuldigung. So wie ich es will oder gar nicht", schnaubte sie, dann machte sie auf dem Absatz kehrt und stapfte um die Theke herum, wobei sie sich auf dem Weg den Krug Eistee schnappte, um ihre Runde zu machen.

Zähneknirschend sah er zu, wie sie fröhlich Gläser auffüllte. Das lief nicht so, wie er es sich erhofft hatte. Es gab keinen Grund, diese Fehde fortzusetzen. Wenn die Frau nur ein bisschen Vernunft zeigen würde!

Auf der anderen Seite des Raums machten sich

Applegate und Stanley gerade bereit zu gehen, als App seinem Blick begegnete und herüberkam. „Sie machen das nicht so gut", sagte der adleräugige ältere Mann laut, und mehrere Köpfe drehten sich in ihre Richtung – darunter auch die von Norma Sue und ihren Freundinnen.

Brent fühlte sich plötzlich wie auf dem Präsentierteller, kehrte dem Raum den Rücken zu und nahm sein Glas in die Hand. „Ich weiß nicht, wovon Sie reden", sagte er und warf App einen Seitenblick zu, in der Hoffnung, dass er das Thema fallenlassen würde. Das Funkeln in Apps Augen sagte ihm jedoch, dass er ihm diesen Gefallen nicht tun würde. Oder dass es ihm egal war, dass fast jeder im Diner ihr Gespräch mithören konnte.

„Jess hat sie zu einem Date eingeladen. Sie wissen, dass Sie das auch tun wollen."

Brent entschied, dass es am klügsten war, nicht darauf zu antworten. Er war erleichtert, als Tacy um die Theke herum kam – doch sie stellte nur den Tee ab, warf App einen bösen Blick zu und marschierte direkt in die Küche, während er ihr nachstarrte.

„Vergiss es", lachte App. „Sie sieht sowieso nicht so aus, als würde sie mit Ihnen ausgehen wollen. Wissen Sie was über Katapulte?"

Er war sich nicht sicher, was Katapulte und Verabredungen mit Tacy miteinander zu tun hatten, deswegen zog Brent misstrauisch eine Augenbraue hoch. „Nicht wirklich", sagte er. Tacy kam aus der Küche, einen Teller mit einem Hamburger in der Hand, dicht gefolgt von Sam. Sie blieben beide vor ihm stehen, während Tacy sein Essen auf die Theke krachte.

„Stanley und ich wollen eine Kürbisschleuder bauen und brauchen ein paar Leute für unser Team. Sie sehen aus, als könnten Sie ein paar Freunde gebrauchen – Sie wissen schon, nachdem Sie neu in der Stadt sind und angefangen hast, gewisse Leute zu vergrätzen."

„Das ist eine Untertreibung", brummte Tacy und ging in den Gastraum, um die Rechnungen an die Tische zu verteilen.

Stanley hatte sich Applegate angeschlossen, und jetzt starrte Brent drei runzlige, grinsende alte Käuze an. „Ich helfe Ihnen, wenn Sie versprechen, mich, was sie angeht, in Ruhe zu lassen."

„Guter Deal", nickte Stanley. „Wir treffen uns am Sonntag nach der Kirche bei App. Wir müssen jetzt zur Probe im *Barn Theatre*. Wir haben heute Abend eine Show da draußen und morgen zwei Shows, also haben wir bis Sonntag keine Zeit."

Damit gingen sie zur Tür und machten an Norma Sues Tisch Halt, um ihr zu sagen – laut genug, dass die Leute im ganzen County es hören konnten – dass sie ein Siegerteam hätten, und sie und Esther Mae verlieren würden.

„Was in aller Welt war das denn?", fragte Brent und wandte sich wieder Sam zu.

„Ein kleiner Wettbewerb unter Freunden. Ich glaube, Tacy gehört zum Team von Norma Sue, Esther Mae und meiner Adela. Passen Sie also besser auf, oder Sie könnten eine echte Fehde auslösen."

Brent hörte zu, als Sam den Kürbisschleuder-Wettbewerb erklärte. Es klang nach Spaß. „Also wird es mehr Teams geben als nur die von Norma Sue und Applegate?"

„Das ist der Plan. Aber diese zwei Teams sind die, auf die es ankommt. Das ist Krieg. Jess da drüben – das ist der Cowboy, dessen Augen glänzen, wenn er mit deiner Tacy redet – er hat vorgeschlagen, dass alle die gleiche Kategorie von Apparaten bauen sollten. Ein Katapult."

Brent hatte in seinen Burger gebissen und warf einen Blick über seine Schulter, um zu sehen, wie Tacy mit dem Cowboy plauderte, dem sie zugezwinkert hatte, als er in das Diner gekommen war. Sie sagte etwas, und er konnte an der Neigung ihres Kopfes und dem Leuchten in ihren Augen erkennen, dass es eine schlagfertige Bemerkung sein musste. Er aß noch ein paar Bissen, dann stand er auf, schob die Hand in seine Hosentasche und zog seine Geldscheinklammer heraus, um sein Essen zu bezahlen.

„Sie gehen schon?", fragte Sam.

„Es war gut, Sam, aber ich muss wieder arbeiten."

„Sie haben nicht einmal die Hälfte gegessen."

„Keinen Appetit. Schönen Tag noch", sagte er und nahm seinen Hut vom Hocker neben sich. Das Grinsen auf Sams Gesicht entging ihm nicht. Aber es waren nicht die Spekulationen, die ihn störten, als er aus dem Diner schritt und in seinen Truck stieg. Es war zu sehen, wie Tacy mit diesem Cowboy flirtete, wobei sich seine Eingeweide verknoteten. Er sagte sich den ganzen Weg zurück, dass er ein Narr war. Doch da war einfach etwas an Tacy, das in berührte und ihn dazu brachte, sie besser kennenlernen zu wollen.

Doch das würde nicht passieren. Sie hatten eine Barriere zwischen sich, die unüberwindbar war … er würde es nicht zulassen.

Tacy arbeitete samstags nicht im Diner. Sams andere Teilzeitkellnerin und Köchin arbeitete samstags und an manchen Wochentagen. Tacy verbrachte normalerweise den ganzen Tag mit Rabbit im Paddock. Sie hatte nicht vor, das zu ändern, nur weil Brent da war.

An den anderen Tagen war sie nach ihrer Schicht dorthin gefahren, weil sie sich davor fürchtete, ihm zu begegnen, und war erleichtert, dass er im Paddock geblieben war, während sie im Stall und auf der Weide war, weit weg von ihm. Es hatte prima geklappt. Zumindest bisher. Es würde jedoch nicht von Dauer sein. Sie war zu neugierig, was in diesem Paddock vor sich ging. Zu neugierig auf Brent. Der Cowboy hatte Gründe, sie nicht bei sich und den Pferden haben zu wollen, und sie hatte beschlossen, dass es an der Zeit war, genau herauszufinden, was sie waren. Wenn sie sie kannte, konnte sie vielleicht herausfinden, wie sie sie umgehen konnte.

Sieben Uhr morgens, und er war schon mit dem Kastanienbraunen im Paddock. Tacy saß in ihrem Truck und sah zu, wie er den Sattel auf den Rücken des Pferdes legte. Vor drei Tagen hatte dieses Pferd gescheut und war gesprungen. Heute schien es ruhig und unbeeindruckt. Aus der Ferne konnte sie sehen, wie Brent mit denselben sanften, entspannten Bewegung arbeitete, die er bei dem anderen Pferd benutzt hatte. Birdy, die Verräterin, hatte sich dauerhaft bei Brent niedergelassen, lag mit dem Kinn auf den Pfoten auf dem Boden und beobachtete ihn mit bewundernden Blicken. Der Mann hatte einfach eine Art, die Aufmerksamkeit einer Frau auf sich zu ziehen.

Sie seufzte und sah zu, wie er einen gestiefelten Fuß in den Steigbügel schob. Das Pferd wich sofort zurück. Brent ging mit, die Hand am Sattelhorn, den Stiefel im

Steigbügel und hüpfte auf dem anderen Stiefel mit. Obwohl sie zu weit weg war, um ihn zu hören, konnte sie sehen, dass er auf das Pferd einredete. Dann schwang er sich mit unglaublicher Anmut in den Sattel. Leicht, unbeschwert, keine große Sache – so schien es zumindest. Das war auch nicht der beeindruckendste Teil. Oh nein, er saß im Sattel eines relativ ruhigen Pferdes und ritt damit im Paddock im Kreis. Kein Buckeln, kein Durchgehen, nicht einmal Tänzeln.

Tacy lächelte. Wow. Brent war gut, und sie würde lernen, wie er das machte. Oh ja.

Sie ging über den Hof und bückte sich, um Birdy zu streicheln. „Ist bald soweit, nicht wahr, Süße?", fragte sie, obwohl sie wusste, dass es so war. Jeden Tag konnten die Welpen kommen. Tacy konnte es kaum erwarten. Brent tat so, als hätte er sie nicht kommen sehen, doch sie wusste, dass er wusste, dass sie da war.

„Sturer Mann", murmelte sie, verschränkte die Arme und stützte ihre Ellbogen auf den Zaun, um ihn herauszufordern, sie weiter nicht zur Kenntnis zu nehmen. Schließlich drehte er seinen Kopf in ihre Richtung. Sie fühlte sich außergewöhnlich nervös, hob ihre Hand und winkte kurz. Zu ihrer Überraschung nickte er ihr zu.

Sie trat vom Zaun weg und beschloss, dass sie sich um Rabbit kümmern musste. Sie wollte, dass Brent ihr beibrachte, wie man Pferde zuritt, und mehr nicht. Der Mann war zu hart, zu stur. Sie hatte ihr ganzes Leben lang mit seinesgleichen zu tun gehabt. Ihr Vater war genauso und hatte ihre vier Brüder mit der gleichen Einstellung erzogen. Warum also, wollte sie ihn gerne besser kennenlernen? Es war verrückt. Sie betrat den Stall und ging zu Rabbits Box.

„Du bist nicht lange geblieben.”

Seine leise Stimme überraschte sie, und sie fuhr herum, um zu sehen, dass er in der Tür stand und besser aussah, als ein Mann das Recht dazu hatte. Er trug abgewetzte Jeans, ein T-Shirt, das wie eine zweite Haut über seinen kräftigen Schultern spannte, und diesen alten Hut, der schon bessere Tage gesehen hatte. Das alles passte wunderbar zu seinem starken Kiefer, den Lippen, die leicht verzogen waren, und den Augen, die sagten, dass er genauso misstrauisch – und interessiert – war wie sie.

Tacy fuhr mit ihrer Hand über Rabbits Sattel. „Ich habe entschieden, dass es heute nicht auf meiner Tagesordnung steht, dich zu ärgern. Das war zu beeindruckend da draußen."

Er lehnte eine Schulter gegen den Türrahmen und verschränkte die Arme, während er sie beobachtete. „Das ist neu. Bist du sicher, dass du den Tag so überstehen kannst?"

Er nahm ihr Kompliment nicht zur Kenntnis, doch sie lachte über seinen unerwarteten Humor. „Ist ziemlich gut gelaufen, bis du hier aufgetaucht bist. Ich bin mir recht sicher, dass ich das schaffen kann."

Er lächelte. „Ich bin sicher, dass du das kannst."

Sie keuchte übertrieben. „War das ein Kompliment?"

„Ich weiß nicht? War es?"

„Du weißt, dass du mich magst."

„Flirtest du mit allen?"

„Oh, jetzt wirst du also persönlich", neckte sie und amüsierte sich mehr, als sie sollte. „Flirte ich?"

Seine Augen funkelten amüsiert. „Etwa nicht?"

„Ich weiß nicht, tue ich das?"

Er hob eine Braue. „Flirtest du mit allen?"

Das ließ sie innehalten… „Du meinst Jess?"

„Ist das sein Name?"

Das war interessant. Sie war sich fast sicher gewesen, dass er gesehen hatte, wie sie Jess vorhin im Diner zugezwinkert hatte, doch sie hatte nicht erwartet, dass er sie danach fragen würde. „Warum interessiert dich mein Sozialleben? Sag mir nicht, dass du darüber nachdenkst, mich um ein Date zu bitten."

Seine Augen bewegten sich, und sie wusste, dass er genau darüber nachgedacht hatte. „Ach nein." Sie lachte auf. „Ich sage dir dasselbe, was ich Jess und allen anderen Cowboys gesagt habe, die mit mir ausgehen wollen – ich date nicht."

„Ich wollte dich nicht um ein Date bitten", leugnete er.

Sie lachte und glaubte ihm nicht. „Warum dann die neugierige Frage? Und warum siehst du so erschrocken aus über meine direkte Antwort?"

Cowboys – sie waren so leicht zu lesen, besonders nachdem sie mit vier Brüdern aufgewachsen war. Sie war ihm auf die Schliche gekommen, und sie wusste es.

Er wusste es auch. Ertappt nahm er seinen Hut vom Kopf und fuhr sich mit der freien Hand durch sein dichtes, glattes, sandbraunes Haar. Sie baute sich vor ihm auf.

„Du bist nervös", drängte sie und sah ihn aufmerksam an. Sie konnte es sich einfach nicht verkneifen, ihn zu ärgern.

Sein Blick wurde finster und fiel auf ihre Lippen, dann schoss er zurück zu ihren Augen.

Plötzlich erkannte Tacy, dass sie die Situation vielleicht nicht so unter Kontrolle hatte, wie sie geglaubt hatte.

Brent wollte Tacy in seine Arme ziehen und ihren frechen Mund küssen. Diese Sache zwischen ihnen war wie ein elektrischer Strom. Gefährlich und mächtig. Er beugte sich zu ihr vor, jede Faser darauf erpicht, herauszufinden, ob ein Kuss elektrisch sein würde, als sie eine Handfläche auf seine Brust klatschte und dort hielt.

„Whoa, Cowboy", warnte sie. „Ich sagte, ich date

nicht. Und ich küsse bestimmt keine Cowboys, die mir erklärt haben, dass sie keinen Respekt vor mir haben."

„Was? Wie kommst du darauf?"

Sie zog eine Braue hoch, warf ihren Pferdeschwanz über ihre Schulter und ging zurück zu Rabbits Box. Er folgte ihm langsam, verblüfft von ihrer Anschuldigung.

„Ich habe nie gesagt, dass ich dich nicht respektiere."

Sie öffnete die Tür und ging hinein, warf einen Blick über ihre Schulter, um ihn mit ihrem Blick zu durchbohren. „Ich bin mir ziemlich sicher, dass du es getan hast. Du weigerst dich, mich zu diesen Pferden in den Paddock zu lassen." Sie öffnete das Tor zur Weide und scheuchte Rabbit hinaus, bevor sie sich zu ihm umdrehte. „Du willst mich nicht in ihre Nähe lassen oder mir beibringen, wie man sie zureitet. Das ist genauso, als würdest du mir zuschreien, dass du keinen Respekt vor mir hast."

„Das ist nicht wahr."

„Oh ja? Dann erklär mir, was es deiner Meinung nach bedeutet."

Sie ging an ihm vorbei, packte die Schubkarre und

den Rechen zum Ausmisten der Box, und schob sich an ihm vorbei, um mit der Arbeit zu beginnen.

„Sag was", sagte sie. „Du musst einen Grund haben, so dagegen zu sein, dass eine Frau lernt, wie man Pferde zureitet. Da ich die Frau bin, die es im Moment betrifft, denkst du nicht, dass du mir eine Erklärung schuldig bist?"

Sie hatte Recht, obwohl es ihm nicht sonderlich gefiel. „Was genau weißt du über mich?", fragte er und folgte ihr, als sie die Schubkarre nach draußen schob, um sie abzuladen. Er nahm die Griffe und war überrascht, als sie zurücktrat und ihn den Inhalt ausleeren ließ.

„Wenn du versuchst, all die schmutzigen Details, die du kennst, durchzugehen und nur herauszupicken, wovon du glaubst, dass es mich nicht wütend macht, mach dir keine Mühe", sagte er schließlich. „Einiges davon war wahr, aber das meiste ist es nicht. Ich will wissen, ob du weißt, warum ich aus dem NRF-Wettbewerb ausgestiegen bin."

An der Außenseite der Box war ein Futtertrog, und Tacy setzte sich jetzt auf den Rand und sah ihn an. Er wartete.

„Schau", schnaubte sie. „Ich weiß nur, was auf den Titelseiten dieser Zeitschriften stand. Dass du mit einem TV-Star namens Jessica eine On/Off-Beziehung hattest und dass du zwischendurch jede zweite Woche mit einem neuen Mädchen fotografiert worden bist. Ich weiß nicht viel über die NRF-Sache. Ich weiß nur, dass es irgendeinen Familiennotfall gegeben hat. Der einzige Artikel, den ich je über dich gelesen habe, war einer im *Horseman*, und das ist ein respektables Magazin. Du hast das Interview schließlich gegeben, also weißt du, dass es da nicht um dein Dating-Leben oder deine Familie ging. Es ging um dich und die National Rodeo Finals. Dabei hast du zufällig erwähnt, dass du Hackbraten liebst." Sie hob die Hand, als würde sie einen feierlichen Eid ablegen. „Das ist die Wahrheit." Sie seufzte und ließ ihre Hand sinken. „Ich gebe zu, ich habe geglaubt, was ich auf den Titelseiten dieser Zeitschriften gesehen habe. Das tut mir leid. Wirklich."

Seine Wut ließ nach. Er konnte nicht anders, als ihre Offenheit zu mögen. Mit jeder Barriere, die sie zwischen sich abbauten, wurde es schwieriger, sie nicht besser kennenlernen zu wollen … und sie hatte gerade gesagt, dass sie nicht daten wollte. Warum?

„Vergiss es", sagte er. „Ich bin diejenige, die sich dem Rampenlicht ausgesetzt hat. Ich war damals ein echter Idiot … es gibt nichts, wofür du dich entschuldigen müsstest."

Sie musterte ihn, Stille breitete sich zwischen ihnen aus wie eine sanfte Brise, die kühleres Wetter versprach. Brent rang mit der wachsenden Anziehung. Wenn er sie ansah, konnte er nicht klar denken. Er fragte sich, ob sie diese Wirkung auf alle hatte.

„Also", sagte sie dann. „Was hat es damit auf sich, dass du keine Frauen in der Nähe von Pferden haben willst?"

KAPITEL SIEBEN

„Willst du reiten gehen?"

Brents Frage erschreckte Tacy. Sie hatte ein Ausweichmanöver erwartet, aber ein Ausritt … Sie stieß sich vom Futtertrog ab, auf dem sie gesessen hatte, und schenkte ihm ein verspieltes Lächeln. „Machst du Witze? Ich bin immer für einen Ritt zu haben." Sie pfiff, und Rabbit kam von der Weide angetrabt. „Du *hast* vor, meine Frage zu beantworten – und nicht, mich auf die Weide zu führen und mich verschwinden zu lassen, damit ich dich nicht mehr belästige?"

Er lachte. „Keine hinterhältigen Pläne meinerseits, das verspreche ich. Und ja, ich werde es erklären. Du warst ehrlich zu mir, also verdienst du dasselbe von mir. Lass uns zuerst reiten."

„Das hört sich gut an." Tacy schlenderte mit Rabbit im Schlepptau in den Stall. Birdy, die heute ungewöhnlich ruhig gewesen war, watschelte hinter Brent her, als er auf die Box zuging, in der sein großer Brauner stand.

Ein paar Minuten später ritt Tacy Rabbit hinaus in die Morgensonne. Brent streichelte Birdy und richtete sich auf, als Tacy auf ihn zukam.

„Die Welpen kommen bald", sagte er und schwang sich in den Sattel.

„Du hast meine Gedanken gelesen", stimmte sie zu und trieb Rabbit in einen langsamen Trab auf die offene Weide hinter der Hütte zu. Bald ritten sie in kameradschaftlichem Schweigen nebeneinander her. Tacy warf dem rätselhaften Cowboy ein paar Blicke zu. Er schien mit den Gedanken weit weg zu sein, als sie die Pferde aufwärmen ließen.

„Hier lasse ich Rabbit so tun, als wäre er im Kentucky Derby", sagte sie nach ein paar Minuten und zog Brents Aufmerksamkeit auf sich.

Sie grinste und ließ die Zügel locker – das war alles, worauf das Pferd gewartet hatte. Sie lehnte sich gegen den Wind und flog mit ihm den weichen Pfad hinunter, auf die fernen Bäume zu. Tacy liebte das Gefühl, wenn sich das Tier kraftvoll und anmutig über das Land bewegte. Als der Wind Tacys Lungen füllte und durch ihr Haar strich, konnte sie sich ein Lächeln nicht verkneifen. Das war ihr Element. Als sie ein Kind war und ihr Daddy sich geweigert hatte, sie mit ihm und ihren Brüdern arbeiten zu lassen, kam sie hierher und ließ all ihre Frustrationen im Wind baumeln. Auf dem Rücken von Rabbit hatte sie das Gefühl, die Welt erobern zu können. Sie empfand ein Gefühl des Friedens ... als ob Gott ihr ins Ohr flüsterte, dass sie auf dem richtigen Weg war.

Als sie nun mit Brent auf den Fersen über Paces Weide segelte, fühlte es sich an, als füge sich alles, wie es sein sollte. Brent kam näher, als Rabbit langsamer wurde, und sie lachte über seinen Gesichtsausdruck. „Schau nicht ganz so empört, und sag mir nicht, dass das gefährlich war! Ich reite, seit ich ein Dreikäsehoch war."

Er grinste. „Ich wollte dir sagen, dass du gut auf deinem Pferd sitzt."

Sie starrte ihn an. „Wow, jetzt haust du mich um. Das war ein echtes Kompliment."

„Kommt vor. Wo hast du so reiten gelernt?"

„Von meinem Vater. Und meinen älteren Brüdern. Sie leben alle auf unserer Ranch unten in Zentraltexas."

„Also, wenn du von einer Ranch kommst und so viele Brüder hast, warum musst du dann hierherkommen, um jemanden zu finden, der dir beibringt, wie man Pferde zureitet?"

Sie runzelte die Stirn. „Weil mein Dad und meine dummen Brüder denken wie du. Was einfach nur dumm ist. Für sie ist es okay, wenn ich reite. Sogar, wenn, ich schon zugerittene, gezähmte Pferde trainiere. Ich bin hierhergekommen, weil ich gut bin und es weiß. Ich habe einen guten Sitz auf einem Pferd, habe ein natürliches Gespür für sie und will von Anfang bis Ende mit einem Pferd arbeiten." Sie warf ihm einen entschlossenen Blick zu. „Und ich werde es lernen. Ich weiß, warum du mich nicht unterrichten willst. Ich bin mir nur nicht sicher, warum du denkst, ich könnte es nicht lernen."

Brent hielt sein Pferd an, und sie tat dasselbe. Er

holte tief Luft und Tacy hatte das Gefühl, dass er sich zum Sprechen zwang. „Ich habe eine kleine Schwester. Sie war neunzehn, als ich vor zwei Jahren zwischen Rodeos zu Hause war."

Sein Kiefer verkrampfte sich. Er rutschte im Sattel herum und blickte von Tacy zu den fernen Bäumen. Der blaue Himmel und die sanfte Brise täuschten nicht über die plötzliche Anspannung des Augenblicks hinweg. Tacy spürte sie, und ihr Magen zog sich zusammen.

Ein paar Augenblicke später fuhr er fort. „Ich hatte ein Pferd mit nach Hause gebracht. Tina war vom College zu Besuch und ist, wie so oft, wenn wir gleichzeitig zu Hause waren, in den Stall gekommen, um mich zu beobachten. Ich hatte getrunken …"

Brents Miene wurde düster, und sie wusste, dass es ihm nicht leicht fiel, darüber zu reden. Sie wollte hinübergreifen und ihn trösten. „Sie hört sich an wie ich", sagte sie leise und versuchte, sich etwas einfallen zu lassen, das dem Augenblick die Schwere nehmen würde. Alles, was dazu beitragen würde, ihm die Qual zu nehmen, die sie in seinen blassen Augen sah. Sie wünschte sich, sie hätte nicht darauf gedrängt.

„Du erinnerst mich in gewisser Weise an sie", sagte er. „Sie wollte ihr Glück auf meinem Pferd versuchen. Dachte, sie könnte es. Ich dachte, es würde großen Spaß machen." Er schluckte schwer und rieb sich den Nacken.

„Ich habe es ihr erlaubt, ihr sogar in die Steigbügel geholfen. Das Pferd ist durchgegangen, hat sie abgeworfen und ihr das Rückgrat gebrochen."

„Ist – ist sie gestorben?" Tacy keuchte.

Er schüttelte den Kopf. „Nein, sie hat überlebt. Durch die Gnade Gottes … aber sie war monatelang im Krankenhaus. Wir dachten nicht, dass sie jemals wieder laufen würde."

Er ließ sein Pferd weitergehen, und Tacy drängte Rabbit vorwärts. Sie hatte keinen Zweifel daran, dass er sich selbst die Schuld für den tragischen Unfall seiner Schwester gab.

„Deshalb bist du vor dem Finale ausgestiegen."

„Weil ich ein überheblicher, betrunkener Idiot war, hätte ich fast meine Schwester getötet – das hat meine Prioritäten sofort verändert."

Es ging sie nichts an. Trotzdem konnte Tacy nicht

anders, als sich schrecklich zu fühlen. Für seine Schwester. Für ihn. Für seine Eltern. Sie konnte sich vorstellen, wie sich ein so tragischer Unfall auf eine Familie auswirken musste – er musste sie entweder stärken oder zerreißen.

„Also bist du zu Hause geblieben und hast geholfen." Er nickte. „Ja, habe ich. Aber es lief nicht gut. Tinas Wirbel begannen schließlich zu heilen, doch für eine Weile stand es wirklich auf der Kippe. Die Ärzte sagen, dass sie sich vollständig erholen wird – ich glaube es nicht. Und mein Vater auch nicht, und er kann es mir nicht verzeihen – nicht, dass ich ihn darum bitte. Ich kann ihn verstehen."

Tacy stellte sich vor, was passiert wäre, wenn einer ihrer Brüder sie auf ein wildes Pferd gelassen hätte. Selbst wenn sie nicht verletzt worden wäre, wäre ihr Vater ausgerastet. „Es hört sich so an, als ob sich unsere Väter sehr ähnlich sind."

„Wirklich?"

„Ja, ich dachte gerade daran, was wäre, wenn einer meiner Brüder mir erlaubt hätte, auch nur meinen Stiefel in den Steigbügel eines schwierigen Pferdes zu stecken.

Mein Vater hätte seinen Balg ans Scheunentor geheftet."

„Dann ist dein Vater ein guter Mann."

Tacy gefiel, dass er die Einstellung ihrer Väter respektierte. Sie war nicht damit einverstanden, dass ihr Vater sie keine Pferde zureiten lassen wollte, doch sie respektierte ihn. Er tat, was er für das Beste für sie hielt.

Eine Schlange glitt über die zerfurchte Straße, der sie folgten, und ihre beiden Pferde tänzelten seitwärts. Es war keine große Sache, doch Brent dabei zu erwischen, wie er ihre Reaktion beobachtete und wie sie die Kontrolle behielt – das schon. Der Mann lernte ihre Fähigkeiten kennen, während sie ritten. Sie verstand jetzt, warum er sie nicht ausbilden wollte, doch Tacy kannte ihre Fähigkeiten. Sie war gut. Wirklich gut. Er würde nichts an ihr auszusetzen finden, wenn er nach etwas suchte.

„Ja, mein Vater ist der Beste. Ich respektiere ihn mehr als jeden anderen, doch ich weigere mich, mich von seinem Bedürfnis, mich zu beschützen und zu verhätscheln, davon abhalten zu lassen, meinen Träumen zu folgen. Ich bin *gut*, Brent. Ich gehe davon aus, dass der Unfall deiner Schwester und dein Gefühl, dafür verantwortlich zu sein, die Gründe sind, warum du dich weigerst, mich auszubilden?"

„Das steht nach wie vor nicht zur Debatte."

Tacy biss sich auf die Lippe und sprach ein Gebet für Brent. Sie hatte das Gefühl, dass da noch mehr war, und sie fürchtete, dass es keinen Zweck hatte, das Thema voranzutreiben. Dennoch hatte sie das Bedürfnis, etwas zu sagen, um seine Verzweiflung zu lindern. Aber was?

Dass ihr die Worte fehlten, war einfach seltsam für Tacy. Wenn es Gott war, der sie anstupste, würde er ihr dann nicht auch die Worte geben, die sie sagen sollte? Stattdessen war ihr Kopf leer, als sie Brents grimmigem Blick begegnete.

„Erzähl mir mehr über die Genesung deiner Schwester."

„Es war hart für sie. Monate im Krankenhaus, dann monatelange Physiotherapie …"

„Warum zögerst du?"

„Ich habe sie ziemlich hart angetrieben. Mom und Dad haben sich Sorgen gemacht, dass ich zu hart zu ihr war. Doch ich hatte das Gefühl, dass sie sich vielleicht nicht ganz erholen würde, wenn sie nicht alles gab."

Das war es also. „Du und deine Eltern haben sich darüber gestritten?"

Er nickte. „Als Tina anfing, sich zu beschweren und nicht so hart arbeiten wollte, beschloss ich, dass es vielleicht meine Schuldgefühle waren, wegen derer ich so hart zu ihr war. Da bin ich gegangen."

„Wohin?"

„Nach Idaho. Ein Cowboy kann sich im Great Basin verlieren … das habe ich jedenfalls immer gehört. Ich kannte einen Typen, der den Winter über nach Wranglern sucht. Da habe ich Pace kennengelernt."

„Ihr habt zusammengearbeitet?"

„Ja, Pace war praktisch eine Legende. Wir haben in benachbarten Abschnitten gearbeitet, also auch manchmal zusammen. Da draußen bist du im Winter ziemlich allein. Wir hatten beide kleine Einzimmerhütten – eher Baracken ohne Strom."

„Kein Strom? Gar keiner?"

Er lächelte und zum ersten Mal, seit sie angefangen hatten zu reiten, ließ die Anspannung nach. „Das war wirklich nicht so schlimm. Ich hatte reichlich Brennholz."

Tacy lachte. „Du bist ein Cowboy. Ich bin mir sicher, es war, als würde man zu seinen Wurzeln zurückkehren."

„Ich mochte es. Ich werde nicht sagen, dass ich für immer so leben wollte. Doch damals habe ich es gebraucht. Tacy, glaubst du, dass Gott dich dorthin bringt, wo du sein musst, wenn du da sein musst?"

„Ja."

Sie sah ihn an und fragte sich, was Gott ihr jetzt in diesem Moment zeigen wollte. Sie war mit Plänen nach Mule Hollow gekommen, und sie waren völlig auf den Kopf gestellt worden. Als Brent aufgetaucht war und sich weigerte, ihr zu helfen, war sie so wütend gewesen. Jetzt, nachdem sie mit ihm gesprochen hatte, war sie sich sicher, dass nichts falsch gelaufen war. Es gab einen Grund, warum sie mit Brent hier war, obwohl sie noch keine Ahnung hatte, was dieser Grund war. Es war sicher nicht, um den Cowboy zu irritieren, denn das war so ziemlich das, was sie getan hatte. Und obwohl sie jetzt redeten, machte sie sich keine falschen

Hoffnungen, dass sie, sobald sie ihn wieder drängte, sie bei den Pferden helfen zu lassen, wieder genauso weit wären, wie zuvor. Und sie würde drängen. Sie wollte immer noch ihrem Traum folgen.

Obwohl sie Mitleid mit ihm hatte und seine Einstellung sogar nachvollziehen konnte, gab Tacy nicht nach. Sie war nicht seine Schwester. Sie würde ihm das irgendwie zeigen.

Brent war selbst überrascht gewesen, als er angefangen hatte, Tacy von seinen Familienproblemen zu erzählen. Er hatte so wenig wie möglich preisgeben wollen – gerade genug, damit sie einsah, wie vergeblich ihre Bemühungen waren, seine Einstellung zu ändern, einer Frau beizubringen, wie man einen Bronco zuritt. Es schien sie wirklich zu interessieren, als er seine Geschichte erzählte. Die einzige andere Person, der er jemals so viel über sich preisgegeben hatte, war Pace gewesen.

Etwas an Tacy zog ihn trotz ihrer Meinungsverschiedenheiten an. Doch sie war nicht der

Typ, der nachgab – und selbst nachdem er ihr seine Geschichte erzählt hatte, machte er sich keine Illusionen, dass sie aufgeben würde. Und er würde nicht nachgeben.

„Sprichst du mit deinem Vater?", fragte sie.

Er dachte über die Frage nach, während er das Pferd von der Straße lenkte und auf einen Pfad durch die Bäume führte. „Nein", sagte er schließlich. „Ich habe seit ungefähr einem halben Jahr nicht mehr mit Dad gesprochen. Es gefällt ihm so."

„Sicher nicht."

Der Unglaube in ihrer Stimme war stark. „Es ist am besten so. Ich habe meinen Vater in vielerlei Hinsicht enttäuscht." Er würde nicht den Rest seiner schmutzigen Wäsche waschen, damit Tacy noch mehr ungläubig nach Luft schnappte. Ihr Mitleid war das Letzte, was er wollte. Ihre Kooperation – ja, die würde er gerne annehmen.

„Du sagtest, dein Dad ist meinem Dad sehr ähnlich. Sprichst du mit deinem Vater?"

„Ja natürlich. Er ist nicht glücklich darüber, dass ich mich nicht seinem Willen beuge, und stattdessen meinen Traum vom Reiten und Trainieren von Pferden verwirklichen will. Doch er ist stolz darauf, dass ich meinen eigenen Kopf habe und ein Nein nicht als Antwort akzeptieren werde. Ich denke, wenn ich es woanders lerne, ist es für ihn anders, als wenn er oder meine Brüder es mir beibringen. Es nimmt ihm die Verantwortung – nicht, dass er das jemals zugeben würde. Er schimpft und zetert immer noch deswegen und ist mehr als erfreut darüber zu hören, wie es mir hier unten bisher ergangen ist. Er sagt mir immer wieder, dass ich aufhören soll, Zeit zu verschwenden, und zurück nach Hause auf die Ranch kommen soll. Mein Vater und meine Brüder haben eine eigene Steigbügelfirma, und im Familienunternehmen wartet ein gut bezahlter Job auf mich."

Es war klar, was sie davon hielt. Brent warf ihr einen Blick zu, um sich zu vergewissern, dass Tacy Jones nicht die Absicht hatte, jemals ins Steigbügelgeschäft einzusteigen. Das war offensichtlich.

„Deine Familie ist *Jones Custom Stirrups*?"

„Jupp", seufzte sie.

„Das sind erstklassige Steigbügel."

„Ja. Die Firma ist gut für die Familie."

„Aber nicht für dich?"

„Nicht das, was ich mit meinem Leben anfangen möchte. Ich bin stolz auf Dad und das Geschäft. Doch es ist einfach nicht mein Traum."

„Also wann wusstest du, dass du Pferde ausbilden willst?"

„Ich habe mich ernsthaft damit befasst, seit ich auf der Highschool war. Da wurde mir klar, dass ich einen eigenen Willen hatte und einen Willen, den ich durchsetzen konnte. Glaub mir, wenn du von einem Vater und vier älteren Brüdern mit übermäßig ausgeprägtem Beschützerinstinkt aufgezogen wirst, ist das nicht etwas, das man so leicht lernt."

„Ich kann mir dich nicht als Mädchen vorstellen, das sich nicht behauptet hat. Still und brav ist nicht etwas, das mir einfällt, wenn ich an dich denke", lachte Brent.

Sie lachte mit, und es hallte durch den Wald. „Glaub mir, ich war nie still. Brav ist eine ganz andere Sache – meine Lehrer können ein Lied davon singen.

Doch ich kannte meine Grenzen, wenn Dad auf den Tisch gehauen hat. Ich wusste, dass ich mich dann nicht mit ihm anlegen sollte."

„Doch als Erwachsene ist das anders?"

Sie nickte, sagte aber nichts.

„Du weißt also, wie man mit einem Pferd arbeitet und es trainiert?"

„Dad hat damit kein Problem. Es ist das Zureiten, gegen das er Einwände hatte. Hört sich bekannt an?"

Er warf ihr einen schiefen Blick zu und zog eine Braue hoch. Er beobachtete sie seit Tagen, und alles, was sie über Naturtalent und einen guten Sitz auf dem Rücken des Pferdes sagte, stimmte. Wenn sie ein Mann wäre, würde er ihr Talent gerne fördern. Pace hatte ihm dabei geholfen, während sie in Idaho waren, indem er ihm alles über das sanfte Zureiten beigebracht hatte.

Brent fragte sich, ob Tina all die Schmerzen und Mühen erspart geblieben wären, die sie in den letzten zwei Jahren durchgemacht hatte, wenn er damals nur ein bisschen mehr gewusst hätte – wenn das Pferd bereiter gewesen wäre, mit einem Reiter zu arbeiten. Doch das war etwas, das er nie erfahren würde. Natürlich wusste er nur, dass, wenn er auf seinen Vater gehört hätte und nicht so von sich eingenommen und betrunken gewesen wäre, in dieser Nacht nichts passiert wäre. Er hätte Tina nicht auf dieses Pferd steigen lassen. Ihm wäre klar gewesen, dass es eine schlechte Idee war.

„Hört sich an, als würde dein Vater dich sehr lieben."

„Da besteht kein Zweifel. Aber das kann mich nicht davon abhalten, meinen Traum zu leben, meine Entscheidung."

Brent hätte keine andere Antwort von ihr erwartet. „Du hast also eingepackt, bist hierhergekommen, wo Pace sich bereit erklärt hat, dir zu helfen, und wie es der Zufall so wollte, bist du stattdessen bei mir gelandet. Dem Typen, der wie dein Vater denkt. Nur habe ich die tragischen Konsequenzen, um meine Überzeugungen zu untermauern."

Tacy zügelte ihr Pferd, und er tat es auch. Sie starrte ihn mit nachdenklichen Augen an. „Weißt du, ich glaube nicht an Glück. Oder Zufall. Ich könnte heute hier weg, zu einer beliebigen Anzahl von Ranches gehen, die ich kenne, und dort lernen, wie man Pferde zureitet. Oder ich könnte mich für

Wochenendworkshops anmelden, bei denen talentierte Cowboys unterrichten. Das hier ist nicht meine einzige Option. Ich habe mich entschieden, hierherzukommen. Ich wollte von Pace lernen, weil er eine Legende ist. Der Beste."

Alles, was sie sagte, war nachvollziehbar. Sie konnte überall lernen, Pferde zuzureiten. Und, okay, er war bereit, zuzugeben, dass sie dazu in der Lage zu sein schien. Sie war eine bessere Reiterin als Tina. Dennoch, wenn er Tacy auf ein Pferd setzte und etwas passierte, wäre er verantwortlich. Und das könnte er nicht ertragen.

„Aber", fuhr Tacy fort und musterte ihn, „Pace musste weg, und jetzt bist du hier. Und weißt du was?" Sie lächelte und neigte ihr herzförmiges Gesicht ein wenig, als ihre ernsten grünen Augen seinen begegneten.

„Was?", fragte er.

„Ich glaube, wir sind aus einem bestimmten Grund hier. Ich glaube nicht, dass das ein zufälliges Treffen ist. Ich kann es spüren. Ich denke, Gott hat uns vielleicht aus einem anderen Grund zusammengebracht – einem *anderen* Zweck, als dich mich aufregen zu lassen."

KAPITEL ACHT

Tacy war sich nicht sicher, was sie am Tag zuvor gedacht hatte, als sie behauptet hatte, dass Gott sie aus einem bestimmten Grund zusammengebracht hatte – mit einem Ziel. Brent hatte sie nur angestarrt, als hätte sie nicht mehr alle Tassen im Schrank, und sie hatte sich sogar ein bisschen verrückt gefühlt, so etwas auch nur zu denken! Sie hatte sich geweigert, näher darauf einzugehen, und ihm gesagt, dass sie sich nicht sicher sei, warum sie so empfinde. Sie hatte nur eine Ahnung ... und ihre Ahnungen waren in der Regel richtig. Zum Glück hatte er darüber gelacht und es dann auf sich beruhen lassen, vermutlich in der Annahme, dass sie nur gescherzt hatte – er wusste nicht, dass dem nicht so war.

Es war leicht zu erkennen, dass er verletzt war –

dass Reue und Schuldgefühle wegen seiner Schwester an ihm nagten. Und diese Sache mit seinem Vater – nun, das würde ihn bei lebendigem Leib auffressen. Wirklich, sie und ihr Vater waren vielleicht nicht einer Meinung, doch sie konnte sich nicht vorstellen, dass etwas so Schreckliches passierte, dass sie nicht mehr miteinander redeten. Tacy fühlte einen starken Verlust für Brent, und ihr Herz schmerzte für ihn.

Als sie wieder im Stall angekommen waren, wollte sie ihm bei der Arbeit zusehen, hielt sich aber zurück. Sie konnte sehen, dass er nicht sicher war, was er davon halten sollte, dass sie ihn nicht drängte. Obwohl sie immer noch keine Angst hatte, dass ihr etwas zustoßen könnte, respektierte sie, dass Brent einen Grund hatte, sie nicht im Paddock haben zu wollen.

Also hatte sie ihn in Ruhe gelassen.

Gedanken an ihn lenkten sie den Rest des Tages ab, und sie saß schließlich draußen auf der Veranda hinter dem Haus, starrte auf den Mond und dachte über alles nach, was in ihrem Kopf herumschwirrte.

Ihr Daddy sagte immer, dass sie aufmüpfig sein konnte wie ein frisches Fohlen, das an einem

Frühlingstag austritt, wenn sie etwas wollte, oder still wie eine Maus, wenn sie über etwas nachdachte. Sie dachte definitiv an Brent – der Schmerz in seinen Augen, die Anziehung, die von ihm ausging – das Hingezogensein, das sie auch in seinen Augen sah. Unnötig zu erwähnen, dass sie nicht gut schlief und sich Zeit ließ, als sie heute Morgen vor dem Gebäude der Sonntagsschule anhielt, um mit Esther Mae zu sprechen.

„Esther Mae, wie läuft es mit eurem Apparat?", fragte Applegate, als er auf die beiden zukam.

„Meine Güte, App", sagte Tacy und umarmte ihn kurz. „Sie sehen schick aus in Ihrem Sonntagsanzug." Das brachte ihr ein Grinsen und eine hochgezogene rechte Braue ein.

„Danke, kleine Lady. Du siehst selbst aus wie ein frischer Frühlingstag."

Tacy warf einen Blick auf ihr moosgrünes Kleid. „Danke."

„Nun, App", mischte Esther Mae sich ein, „du weißt, dass ich keines unserer Geheimnisse preisgeben werde, also versuch erst gar nicht, mir Honig um den Bart zu schmieren. Und Hank brauchst du auch nicht zu fragen. Ich habe gedroht, ihm den Hals umzudrehen, wenn er auch nur den Mund aufmacht über irgendetwas, was er im Haus hört oder sieht."

Applegate grunzte. „Ich will dir keinen Honig um den Bart schmieren. Und Hank hat mir gesagt, dass du ihm die Hölle heiß machen würdest, wenn er auch nur Pieps sagt."

Esther Mae lächelte. „Mein Hank ist ein kluger Mann."

App warf ihr einen finsteren Blick zu, dann sah er Tacy an. „Hast du das Design gesehen?"

Tacy musste lächeln, als sich sein Gesicht in eine Kaskade von Falten verwandelte. „Nein, Sir, noch nicht, aber ich fahre später raus." Sie beugte sich verschwörerisch vor. „Wenn Sie mir ein großes Lächeln schenken, bin ich vielleicht bereit, Ihnen ein paar Einblicke zu geben. Wie läuft es mit Ihrem Apparat?"

„Hey!", protestierte Esther Mae. „Das solltest du besser nicht tun."

„Keine Panik, Esther Mae. War nur ein Scherz. Ihr nehmt das alle viel zu ernst."

„Darauf kannst du die Stiefel deines Daddys

verwetten", sagte Stanley, als er aus dem Gebäude kam und das Ende des Gesprächs mitbekam. „Wer nimmt Männer gegen Frauen nicht ernst? Wir Männer müssen gewinnen, sonst sehen wir schlecht aus. Nicht wahr, App?"

„Sicher, sicher."

Esther Mae räusperte sich. „Tut mir leid, euch Jungs das sagen zu müssen, aber es gibt keinen Gewinn, der euch gut aussehen lassen würde." Tacy hielt sich die Hand vor den Mund und lachte. Die „Jungs" funkelten Esther Mae an. Sie hob eine Hand und tätschelte ihr Haar. „Ich andererseits, nun, Lacy, hat großartige Arbeit geleistet, um mich fantastisch aussehen zu lassen."

Applegates buschige Brauen begegneten einander. „Fantastisch?", schrie er praktisch.

„Fantastisch. Gefällt euch meine neue Farbe?"

Stanley und App sahen Esther Mae an, als hätte sie eine Fremdsprache gesprochen.

„Es ist Zielscheibenrot, Esther Mae", sagte App schließlich.

„Männer!" Esther Mae verdrehte die Augen. „Falls ihr es nicht bemerkt haben, Jungs, nicht alle Rottöne sind gleich. Das ist Chilirot, zu eurer Information."

Tacy zeigte ihr Daumen hoch. „Perfekt für dich."

„Dachte ich auch. Es ist ein bisschen würziger als meine natürliche Farbe, aber ich denke heutzutage, je leuchtender, desto besser."

„Ganz deiner Meinung", sagte Tacy. „Vielleicht sollten wir unser Katapult rot lackieren oder was ähnlich Strahlendes."

„Wir lackieren unsere Katapulte?", fragte Stanley App, der gerade kopfschüttelnd auf das Gebäude zuging.

„Ich denke, das ist ein Nein." Stanley grinste, dann folgte er seinem Freund.

„Sind ein bisschen empfindlich, was diesen Wettbewerb angeht", sagte Tacy.

Esther Mae winkte ab. „Der Gedanke, von Frauen geschlagen zu werden, macht dem alten App Angst." Sie grinste. „Natürlich verliert er auch nicht gerne gegen einen Mann, aber beim Damespiel passiert das jeden Tag."

„Du weißt, es ist der Gedanken, von dir und Norma Sue geschlagen zu werden, der ihm nicht schmeckt."

„Das ist wahr", sagte sie amüsiert. „Es macht Spaß, ihn zu quälen."

Tacy lachte. „Scheint, dass wir was gemeinsam haben, was Männer angeht."

„Mein Hank geht mir immer nach, wenn ich ihn aufziehe, aber er sagt, da App und Stanley mich immer gerne aufziehen, haben sie alle Folter verdient, die ich ihnen zufügen kann."

Hank kam aus dem Gebäude. Er war ein kleiner Mann mit einem Bauch und einem angenehmen Lächeln. „Da bist du ja", sagte er zu Esther Mae und schenkte Tacy dann ein Lächeln. „Morgen, Tacy. Der Unterricht fängt gleich an, also dachte ich, ich sollte besser nachsehen, wo Esther Mae bleibt."

„Ich habe mich nicht verlaufen, bin nur von Applegate aufgehalten worden."

Hank sah an ihnen vorbei zu App und Stanley, die stehengeblieben waren, um mit einer Gruppe von Männern zu reden. „Er hat dich nach deinem Apparat gefragt, nicht wahr?"

„Du weißt, dass er es getan hat. Es macht ihn verrückt." Hank schüttelte den Kopf. „Sie liebt es, diesem Mann das Leben schwer zu machen. Wenn ich nicht wüsste, dass sie so verrückt nach mir ist, müsste ich vielleicht eifersüchtig werden."

Tacy hielt inne, bevor sie zum Unterricht für Singles ging. „Ich glaube nicht, dass Sie sich da Sorgen machen müssen, Hank."

Esther Mae nahm den Arm ihres Mannes und drückte ihn liebevoll. „Ich habe nur Augen für dich, Hank. Selbst nach all den Jahren. Erstaunlich, nicht wahr?"

„Ja. Ich habe wirklich Glück."

App und Stanley kamen in das Gebäude. „Red dir das nur weiter ein", sagte App und passte sein Hörgerät an, als er an ihnen vorbeiging. Hank und Esther Mae kicherten, als sie App und Stanley den Flur entlang zu ihrer Sonntagsschulklasse folgten.

Tacy sah ihnen nach, blieb zurück und fühlte sich heute ungewöhnlich feige. Zuvor, als sie angekommen war, hatte sie gesehen, wie Brent auf sie zukam, und sie hatte die Richtung geändert. Wieso? Jemandem aus dem Weg zu gehen war sicherlich nicht ihr Stil. Doch nach gestern – sie konnte nicht glauben, dass sie tatsächlich ihre große Klappe aufgerissen und ihm gesagt hatte, dass sie aus einem bestimmten Grund in seinem Leben war. Verrücktes Gerede – das war es. Oder nicht? Sie hauchte ein schnelles Gebet und bat Gott, ihre Nerven zu beruhigen, dann betrat sie das Klassenzimmer. Sofort sah sie Brent, und ihr Herz begann einen Rumba in ihrer Brust.

„Okay, Gott, ich vertraue dir, dass du mir hier hilfst", murmelte Tacy.

Sie holte tief Luft und schenkte Brent und den Männern, mit denen er sprach, ein so entspanntes Lächeln, wie sie es nur aufbringen konnte. Dann setzte sie sich auf den freien Platz direkt vor Brent. Sie weigerte sich, ihm länger aus dem Weg zu gehen. Angst war etwas, das sie nicht akzeptieren würde. Genau wie diese unerwartete Anziehung. Sie konnte damit umgehen.

Das Letzte, was sie erwartet hatte, war, dass Jess hereinkommen und sich auf den leeren Platz neben ihr setzen würde.

Brent ließ den Sicherheitsknopf der Tischkreissäge los und richtete sich auf. „Leute, ich werde nicht versuchen,

Tacy auszuspionieren, um herauszufinden, wie die Frauen ihr Katapult bauen."

Brent war direkt nach der Kirche zu App gekommen, und bis jetzt war es ein miserabler Tag gewesen. Während der gesamten Sonntagsschule war er gezwungen gewesen, mitanzusehen, wie Jess, der hoffnungslose Flirter, sein Bestes bei Tacy versuchte.

Wusste der Mann nicht, dass man in der Kirche nicht flirten sollten? Es war lächerlich.

Der Cowboy kam sonst nicht einmal in die Kirche. Er war zu beschäftigt damit, samstagabends drüben in Ranger in den Bars rumzuhängen. Brent hatte es sich nicht verkneifen können, sich nach ihm zu erkundigen, nachdem er gesehen hatte, wie Tacy ihm im Diner zugezwinkert hatte. Es war offensichtlich, dass Jess heute aus einem einzigen Grund gekommen war – und der war nicht, ein Gespräch mit Gott zu suchen. Nein, es war, um eine gewisse Frau mit kupfernen Haaren zu sehen. Haare, die bis zur Mitte ihres Rückens fielen und jedes Mal, wenn sie nickte oder über etwas, das Jess zu ihr sagte, kicherte, vor Leben hüpften.

Also mochte sie wilde Cowboys. Ein bisschen

heuchlerisch ihrerseits, wenn man bedachte, wie wenig sie wegen der Klatschzeitschriften-Cover von ihm hielt. Die Sache war die, er hatte dieses Leben erlebt und hinter sich gelassen … und hier lächelte sie und feixte mit Jess.

„Warum hast du eigentlich so eine miese Laune?", fragte Applegate.

Brent runzelte die Stirn. „Habe ich nicht."

Stanley spuckte einen Sonnenblumenkern auf den Stallboden. „Dann würde ich es hassen, dich schlecht gelaunt zu erleben, wenn du es jetzt nicht bist."

„Jepp," schnaubte Applegate. „Ich weiß, was dich auffrisst. Du hast diesen Jess in der Kirche gesehen, oder?"

Stanley verschränkte die Arme. „Dieser Junge ist noch nie zuvor durch diese Türen gekommen. Wahrscheinlich meistens zu verkatert am Sonntagmorgen, um überhaupt darüber nachzudenken."

Es ging ihn nichts an, sagte sich Brent. Doch es störte ihn. Er fühlte sich zu Tacy hingezogen – das war nicht zu leugnen. Doch er hatte keine Ansprüche auf sie und keinen Grund, sich darüber zu ärgern, dass sie heute

Morgen wie immer zu sein schien, während er sich schlecht gelaunt und ... eifersüchtig gefühlt hatte. Da. Es war raus. Er *war* eifersüchtig gewesen.

Er nahm sich sein Maßband und spannte es entlang des Holzes. „Wie lang brauchen wir das hier?"

Applegate hob die Zeichnung auf und blinzelte auf seine Handschrift. „Einen Meter dreiundachtzig", sagte er.

Brent markierte es mit seinem Bleistift, ließ das Maßband zurückschnalzen, warf es auf den Tisch und legte das Holz an der Säge an. „Ihr glaubt wirklich, dass Gott unser Leben inszeniert?"

App runzelte die Stirn über seinen buschigen Brauen und rieb sich das Kinn. „Da gibt es unterschiedliche Meinungen. Ich glaube, dass er die Kontrolle hat ... aber ich glaube nicht, dass er mich wie eine Marionette spielt. Ich habe einen freien Willen. Ich baue dauernd Mist. Wenn du es nicht bemerkt hast, bin ich auch streitlustig."

„Das wissen alle", sagte Stanley. „So wie ich es sehe, hat Gott uns hierher gebracht, und wir lernen. Wenn Er uns bei jeder unserer Bewegungen anleiten würde, gäbe es nichts, was wir lernen könnten. Versteh mich jetzt nicht falsch. Ich denke, die Bibel ist ziemlich klar darüber, dass Er weiß, was unsere Entscheidungen sein werden. Das bedeutet jedoch nicht, dass er unser Leben inszeniert wie ein Puppenspiel."

Brent tippte mit dem Finger auf den Sicherheitsknopf der Säge, betätigte ihn aber nicht. „Ist es vorstellbar, dass er einem Menschen ins Leben schickt, die man braucht?"

„Oh, das tut er definitiv", sagte App. „Daran habe ich keinen Zweifel."

„Ja, davon haben wir viel in unserem eigenen Leben gesehen", stimmte Stanley zu. „Ganz zu schweigen von hier in Mule Hollow. Jetzt, wo ich darüber nachdenke, widerspricht das irgendwie dem, was ich eben gesagt habe. Aber nur, weil Er uns Menschen über den Weg schickt, bedeutet das nicht, dass er uns wie Marionetten spielt. Wie kommst du darauf?"

„Tacy hat gestern gesagt, dass sie glaubt, sie wäre aus einem bestimmten Grund in meinem Leben." Wie er erwartet hatte, begannen die beiden älteren Männer zu grinsen.

App war der erste, der es kommentierte. „Sie hat allen Cowboys im Diner klargemacht, dass sie nicht hier ist, um zu daten. Wie hast du sie dazu gebracht, ihre Meinung zu ändern?"

„Ich date sie nicht. Sie würde mir wahrscheinlich ins Knie treten, wenn ich sie um ein Date bitten würde."

Stanleys Grinsen wurde zu einer Grimasse. „Du hast sie noch nicht eingeladen? Bist du nicht ganz klar? Bist du ein- oder zweimal zu oft aufs Hirn gefallen?"

„Nein. Das hat nichts damit zu tun, dass ich mich nicht zu ihr hingezogen fühle."

„Hörst du das, App? Er gibt zu, dass er sich zu ihr hingezogen fühlt."

„Dann besteht Hoffnung für den Jungen."

Brent ließ die Säge an und war dankbar für deren Kreischen. Warum hatte er seine große Klappe aufgerissen? Er schnitt das Brett durch und wagte den Sprung. „Also, warum will sie nicht daten?"

„Sie hat kein Interesse, sagt sie zumindest", sagte Stanley.

„Aber warum nicht?"

Sie hatte ihm neulich in der Scheune ziemlich klar gesagt, er solle sich zurückziehen. Sicher, sie hatte gesagt, dass sie nicht daten wollte und dass sie es allen Cowboys klargemacht hatte, doch sie flirtete und zwinkerte im Diner die ganze Zeit. Vor allem mit Jess. Wusste sie nicht, dass sie damit widersprüchliche Botschaften aussandte? Er war auf jeden Fall verwirrt.

Applegate musterte ihn. „Sie sagt, dass sie gewisse Dinge erreichen will, bevor sie einen alten Cowboy heiratet und eine Familie gründet."

Ihre Karriere stand also an erster Stelle. Sie meinte es ernst mit ihrem Ziel, Pferdetrainerin zu werden.

„Warum drängst du nicht darauf, sie besser kennenzulernen?", schlug Applegate vor und nahm das Brett vom Tisch. „Junge Mädchen wie sie müssen nicht allein zu Hause sitzen."

„Sie sitzt allein da, weil sie es will."

Stanley brachte ein neues Brett herüber und legte es vor ihn. „Vielleicht ist der richtige Cowboy, der ihre Meinung ändern könnte, ja noch nicht gekommen."

Brent dachte darüber nach. Nein, für ihn und Tacy gab es zu viel Konfliktpotential.

App beobachtete ihn aufmerksam. „Du denkst darüber nach. Ich sehe das. Du solltest sie zum Abendessen einladen oder sowas. Ich weiß. Mach einen Ausritt mit ihr und ein Picknick. Frauen – sogar wilde Cowgirls wie Tacy – lieben Picknicks." Er grinste und zwinkerte Brent zu. „Und wenn du das tust, vergiss nicht, sie nach Norma Sues Kürbisschleuder zu fragen."

KAPITEL NEUN

„Norma Sue, bist du sicher, dass das funktionieren wird?", fragte Esther Mae und starrte auf die Zeichnung des Katapults.

„Das wird es", nickte Norma Sue, sah auf und starrte durch ihre Schutzbrille, während sie sich anschickte, die Motorsäge zu benutzen. „Wenn ich es baue, funktioniert es. Auch wenn wir keine elektrischen Auslöser verwenden."

„Jetzt, Norma", warnte Adela mit ihrer sanften Stimme, was Tacy zum Lächeln brachte. „Jetzt stress dich doch nicht so. Esther Mae hat dich nur aufziehen wollen – nicht wahr, Esther?" Adela richtete ihre heiteren Augen auf Esther Mae.

„Das tue ich, und du weißt es. Du bist nur so darauf

bedacht, die Jungs zu schlagen, dass es dich mürrisch macht."

„Die Jungs wollen mich genauso schlagen. Ich habe gehört, wie App mit Stanley darüber gesprochen hat, dass Brent versuchen soll, Informationen aus dir herauszuholen, Tacy. Sei also auf der Hut. Wenn er vorbeikommt und fragt, wie die Schleuder aussieht, sag ihm nichts."

„Brent wird nichts von mir erfahren." Tacy lachte über die Idee und dachte, es könnte Spaß machen, zu sehen, ob er es versuchen würde. Sie konnte sich jedoch nicht vorstellen, dass er so etwas tat. „Glaubst du wirklich, er würde das tun? Ich meine, sie würden ihn tatsächlich dazu überreden?"

Die Augen von Esther Mae wurden doppelt so groß. „Oh ja, das würden sie. Er könnte es sogar tun, nur um sie davon abzuhalten, dich zu piesacken."

Norma Sue zog das Sägeblatt in einer schnellen, lauten Bewegung durch das Holz, bevor sie hinzufügte: „Er könnte dich sogar zu einem Date einladen, nur um zu versuchen, die Fragen geschickt zu verpacken."

Tacy lachte so sehr, dass ihre Brust weh tat. „Oh

bitte", keuchte sie. „Brent Stockwell würde nie eine Frau auf ein Date bitten, nur um zu sehen, ob er geheime Informationen über eine Kürbisschleuder aus ihr herausbekommen könnte." Sie hatte ihn sowieso bereits über ihre Einstellung zum Daten aufgeklärt.

Norma Sues Brauen hoben sich über der Schutzbrille. „Du bist nicht dumm. Ich weiß, dass du es nicht bist. Aber das war das Dümmste, was ich je gehört habe."

„Ich, ähm – ich bin mir nicht sicher, ob ich das verstehe", sagte Tacy.

Adela tätschelte ihren Arm. „Norma wollte nicht so unhöflich klingen", sagte sie und warf ihrer Freundin einen scharfen Blick zu. „Sie meinte, er würde es als Ausrede benutzen, um dich um ein Date zu bitten – weißt du, als Gefallen für die Jungs."

Okay, vielleicht war sie dumm. Sie verstand immer noch nicht.

Esther Mae schüttelte den Kopf. „Tacy, er würde dich um ein Date bitten, weil er es *will*."

„Oh", keuchte sie. „Entschuldigung ihr alle, meine Gedanken müssen auf Urlaub gewesen sein. Aber entschuldigt nochmal, dass ich hier was übersehen habe. Was macht euch alle so sicher, dass er das tun würde? Woher wisst ihr, dass er mich um ein Date bitten will?" Sie wusste, dass er darüber nachgedacht hatte, doch sie war mit ihm allein gewesen, als das passiert war. Woher wussten sie es also?

Adela sah verlegen aus. Mit ihrem Pixie-Haarschnitt, dem glänzenden weißen Haar und den leuchtend blauen Augen war sie der Inbegriff einer süßen älteren Dame. „Siehst du, Liebes, eines Tages bin ich durch den Hintereingang ins Diner gekommen, um meinen Sam zu sehen. Nun, ich habe gehört, wie Brent im Gastraum mit den dreien gesprochen hat. Sie haben ihm die Hölle heiß gemacht deinetwegen, und ich habe einfach daran, wie er gesprochen hat gesehen, dass er an dir interessiert ist."

„Adela weiß sowas." Esther Mae nickte strahlend. „Sie spürt es immer."

Tacy wusste nicht, was sie sagen sollte. Oder denken. Es war nicht zu leugnen, dass es etwas zwischen ihr und Brent gab. Doch sie würde sich nicht ausmanövrieren lassen. „Nein", sagte sie. „Ich glaube nicht, dass er sich zu so hinterhältigen Taktiken herablassen würde."

„Glaub, was du willst", sagte Norma Sue warnend. „Doch wenn er dich um ein Date bittet, erzähl ihm nichts von dem Katapult. Denn es geht darum, einen Kürbis weiter zu schleudern, als alles, was Applegate und seine Jungs jemals zusammenschustern könnten."

Tacy wollte sagen, dass sie, selbst wenn Brent sie um ein Date bitten würde, nicht gehen würde … doch dann schwieg sie – sie kannte Brent nicht gut genug, um zu wissen, was er tun würde und was nicht. Doch was sie störte, war die Erkenntnis, dass sie nicht sicher war, was sie tun würde, wenn er sich entschloss, ihre Warnung zu ignorieren und sie um ein Date zu bitten …

„Heute irgendwelchen Hackbraten verkauft?", fragte Brent sie zwei Tage später, als Tacy nach der Arbeit Rabbit füttern und bewegen ging. Obwohl sie so nahe bei ihm wohnte, hatte sie ihn bei keiner der beiden Ausflüge, die sie am Tag zuvor unternommen hatte, um ihr Pferd zu füttern, gesehen. Und sie hatte sich seltsam enttäuscht gefühlt, weil sie ihn vermisst hatte.

„Hey", sagte sie und drehte sich zu ihm um. „Wo kommst du denn her?" Wo war er gewesen?

Er lehnte sich mit einer Schulter an die Box, legte die Stiefel übereinander und grinste sie an. Das entspannte Lächeln stellte seltsame Dinge in ihr an.

„Ich war in der Nähe. Wieso? Hast du mich vermisst?"

„Nein –", begann sie zu sagen, hörte aber auf, als sein Lächeln breiter wurde. Der Mann war hinreißend – nicht, dass es sie interessieren sollte. Doch das tat es.

„Wie geht es den Broncs?"

„Gut, ich habe einen soweit, dass ich ihn reiten kann und habe mich gefragt, ob du und Rabbit vielleicht mitkommen wollt."

Es war kein Date, doch es war eine weitere Chance, ihm ihre Fähigkeiten im Sattel zu demonstrieren, und sie wollte sich das nicht entgehen lassen. „Das wäre schön."

„Hat es dir Spaß gemacht, mit Norma Sue und ihrer Gang am Katapult zu arbeiten?", fragte er beiläufig ein paar Minuten später.

„Du verschwendest keine Zeit, oder?", lachte sie.

Er grinste. „Ich dachte, ich könnte es genauso gut auch gleich hinter mich bringen. Hast du mich nicht was zu fragen?"

Sie lachte. „Also wenn du mich so fragst … Wie läuft's mit dem Katapult?"

Er lachte und hielt ihrem Blick für einen langen Moment stand, während beide schmunzelten. Es war Tacy, die den Blickkontakt unterbrach und geradeaus blickte, während Rabbit dem zwischenzeitlich vertrauten Pfad zu den Weiden folgte. „Sie nehmen diesen Wettbewerb sehr ernst."

„Das solltest du besser glauben. Du hättest sehen sollen, wie mir App das Sägen und Messen beibringt. Ich bin gestern zum Holzplatz in Ranger gefahren und habe ein paar Eisenbahnschwellen für sie besorgt. Er hat entschieden, dass er es massiver machen wollte."

Sie warf ihm einen selbstgefälligen Blick zu. „Also sollte ich diese Information vielleicht an meine Vorgesetzten weitergeben."

„Jetzt komm schon. Das wäre nicht richtig. Ich führe hier ein nettes Gespräch mit dir, und du würdest dieses Vertrauen missbrauchen?"

Sie zog eine Braue hoch und neckte ihn. „Hättest es mir nicht freiwillig erzählen sollen."

„Pass lieber auf." Er grinste. „Vielleicht habe ich dich mit falschen Informationen gefüttert."

„Genau das traue ich dir zu."

Er lachte, und sie ritten noch eine Weile weiter die Straße hinunter und dann den Pfad entlang. Es fühlte sich seltsam und wunderbar zugleich an. Tacy amüsierte sich mehr, als sie sich je vorgestellt hätte. Sie fühlte sich von Brent angezogen. Sein Aussehen, seine Haltung, wenn er im Sattel saß, die geduldige Art, wie er mit den Pferden arbeitete, wenn es nicht ganz sicher war, ob es bereit war, geritten zu werden. Doch am meisten faszinierte sie etwas in seinen Augen. Etwas, das sie jedes Mal, wenn sich ihre Blicke begegneten, durchzudringen schien … vielleicht war es auch das Wissen, wie sehr die Fehler, die er gemacht hatte, ihn belasteten. Er ging viel tiefer, als sie zuerst gedacht hatte. Etwas Unfassbares, doch Mächtiges ließ ihren Puls stolpern, und sie fühlte sich jedes Mal waghalsig, wenn diese ernsten Augen ihren begegneten – keine gute Sache.

„Also, wann fängst du an, den nächsten zuzureiten?", fragte sie, als sie ihn wieder dabei erwischte, wie er sie ansah. In seinen Augen konnte sie sehen, dass seine Gedanken im selben aufgewühlten Fahrwasser trieben wie ihre.

„Morgen", sagte er, und seine Anspannung war deutlich zu hören.

„Du weißt, dass ich helfen will."

„Nein", sagte er sofort.

Sie holte tief Luft und beherrschte sich. Wutanfälle würden nichts lösen ... Es war jedoch verlockend.

Brent verlagerte sein Gewicht im Sattel, und das Pferd, das das Unbehagen seines Reiters spürte, tänzelte und kämpfte für einen Moment gegen das Gebiss. Er war dankbar für die Ablenkung, als er das Tier beruhigte. Er wünschte sich, es wäre genauso einfach, seine eigene Stimmung zu regeln. Zeit mit Tacy zu verbringen war gefährlich. Er hatte gewusst, dass diese Frage kommen würde. Doch er hatte sich nicht davon abhalten können, sie einzuladen, mitzukommen. Er hatte es gestern vermisst, sie zu sehen, und hatte den ganzen Tag an sie gedacht. Es war einer der Gründe gewesen, warum er das Training der Pferde so geplant hatte, dass er es stattfand, wenn sie im Diner arbeiten würde.

„Also, was ist mit dieser Bemerkung, die du neulich gemacht hast?" Er hatte über das nachgedacht, was sie am Samstag gesagt hatte, dass sie glaubte, Gott hätte sie zusammengeführt. „Was ist damit?"

Sie hielt Rabbit an und starrte ihn an. „Ich glaube, es ist so. Ich bin aus einem bestimmten Grund in dein Leben geschickt worden."

„Und was wäre das für ein Grund?", fragte er, überrascht von ihren Worten, aber nicht von ihrer Offenheit.

Seine Aufmerksamkeit wurde von der Schönheit ihres Lächelns und dem warmen Funkeln ihrer Augen abgelenkt. Er schluckte schwer und stellte fest, dass sein Blick auf diesen perfekten Lippen ruhte – dann zwang er sich, wieder in ihre Augen zu blicken, die vor Lachen tanzten. Wenn Gott sie geschickt hatte, um ihn abzulenken, dann erledigte sie ihren Job ausgesprochen gut.

„Das, mein hübscher Buckaroo, ist etwas, das ich immer noch versuche herauszufinden. Ich meine, du machst mich wütend genug, dass ich mir die Nägel kaue, weil du nicht siehst, dass ich gut bin in dem, was ich tue, aber – Hey, Wettreiten zurück zum Stall!"

Bevor sie den Satz beendet hatte, riss sie Rabbit herum und galoppierte den Weg zurück, den sie gekommen waren. Lachend ließ er den jungen Hengst laufen und folgte ihr. Rabbit war schnell, und Tacy beugte sich tief über das Sattelhorn und ritt, als ob sie und Rabbit eins wären, donnerte den Weg hinunter und zurück auf die weiche unbefestigte Straße. Als er sie beinahe eingeholt hatte, warf Tacy einen Blick über ihre Schulter und lachte in den Wind. Ihre Augen funkelten, und sein Adrenalinpegel stieg, als sie sich gegenseitig herausforderten. Dann trieb sie Rabbit an und jagte das Pferd in den Sprint. Sofort vergrößerte sich der Abstand zwischen ihnen. Rabbit war nicht träge, und seine Reiterin war es auch nicht.

Brent gab dem Hengst einen Schubs, und das Rennen ging weiter. Als sie wieder auf den Hof kamen, bestand kein Zweifel: Das Mädchen konnte reiten. Er war sich ziemlich sicher, dass genau das die Schlussfolgerung war, zu der sie ihn hatte bringen wollen.

Doch er dachte nicht so viel darüber nach, wie er daran dachte, Tacy zu jagen. Während sie in den Wind lachten, war es das erste Mal seit zwei Jahren, dass er ein Gefühl der Freude verspürte. Sie war wunderschön und so lebendig – und machte ihn verrückt!

Im Hof sprang sie aus dem Sattel, bevor Rabbit ganz stehengeblieben war und wartete, die Hände in die Hüften gestemmt, schwer atmend vom Adrenalinrausch der Jagd.

Auch er spürte es, schwang sich aus dem Sattel, schlang die Zügel um einen Pfosten und stapfte auf sie zu. Sie lächelte breit, ihre Augen funkelten vor Leben. Er dachte jetzt nicht klar, und er wusste es. Er hatte nie so sehr eine Frau in seine Arme nehmen und küssen wollen, wie er es jetzt mit ihr tun wollte – er blieb nur einen Atemzug von ihr entfernt stehen, so nah, dass sie ihren Kopf in den Nacken legen musste, um zu ihm aufzublicken. Sie wusste genau, was er dachte.

„Das hat dir Spaß gemacht, nicht wahr?", fragte er,

wütend über das Knistern der Elektrizität zwischen ihnen.

„Oh ja, Cowboy", sagte sie und legte eine Hand an seinen Kiefer. „Und ich denke, ich kann dir helfen, wenn du mich lässt."

Seine Konzentration wanderte von dem ab, was sie sagte, weil er sie so sehr küssen wollte. „Du kannst mir nicht helfen –" sagte er, und bevor er sich aufhalten konnte, senkte er den Kopf und presste seine Lippen auf ihre.

Seine Hände schlossen sich um ihre Arme, und er zog sie an sich. Er erwartete, dass sie sich zurückziehen würde – ihn vielleicht sogar ohrfeigen, doch sie tat es nicht. Sie fühlte sich richtig an in seinen Armen, ihre Lippen auf seinen, als sie seinen Kuss erwiderte. Brent gewann eine Spur Vernunft zurück, da er wusste, dass er nicht rational handelte, und zog sich zurück. Er war nicht mehr der unbeschwerte Idiot, der er vor zwei Jahren gewesen war. Das war zu wichtig – Tacy war zu wichtig –, als dass er zu schnell vorpreschen durfte.

Er lehnte seine Stirn an ihre, seine Arme schlossen sich fester um sie. Das war verrückt. Es gab so viele

Gründe, warum er das nicht zulassen sollte. Aber oh, wie sehr er es wollte, *sie* wollte.

„Ich glaube wirklich, dass ich hier bin, um dir zu helfen", sagte sie leise und atemlos. „Ich bin nicht Tina."

Sie zog sich zurück, blickte auf und hielt seinem Blick stand. „Unsere Namen fangen beide mit *T* an, doch ansonsten sind wir vollkommen verschieden. Ich bin ein Experte, wenn es ums Reiten geht und um das Gefühl eines Pferdes zu verstehen. Alles, worum ich dich bitte, ist professionelle Anleitung, während ich eine Technik ausprobiere, die ich seit Monaten studiere. Ich werde mit oder ohne deine Hilfe in den Steigbügel eines nicht zugerittenen Pferdes steigen. Worum ich dich bitte, ist die Gewissheit, dass ich meine Hausaufgaben gemacht habe, wenn ich meinen Stiefel in den Steigbügel stecke."

Er ließ die Hände sinken und trat zurück.

„Ich bilde mir kein Urteil über Tina, weil ich ihre Gründe nicht kenne, warum sie auf dieses Pferd gestiegen ist – aber für mich ist es kein Spiel. Ich kann das. Du hast Scheuklappen auf, und das ist nicht gut.

Nicht gut für dich oder mich."

„Vergiss es", sagte er knapp. Was hatte er sich dabei gedacht, ihr zu erlauben, ihn so zu verwirren? Der Kuss war ihr egal. Es ging ihr nur darum, ihren Willen durchzusetzen. Auf eines dieser Pferde zu kommen.

„Mich auszubilden könnte dir helfen, deine Phobie zu überwinden. Und es könnte Spaß machen."

„Nein, Tacy."

Ihr Gesichtsausdruck war angespannt. „Du bist ein Dickkopf."

„Ja, bin ich. Und ich habe guten Grund dazu. Wir haben das schon durchgekaut."

Sie ergriff Rabbits Zügel und stürmte in die Scheune.

Birdy hob den Kopf von der Stelle, von der aus sie sie beobachtet hatte, und wedelte mit dem Schwanz. Sie sah aus, als wüsste sie, dass er ein verwirrter Mann war. „Du hast Recht. Sie macht mich verrückt", knurrte Brent, drehte sich auf dem Absatz um und ging zum Paddock.

Dieser Mann machte sie verrückt!

Tacy musste sich zwingen, sich zu beruhigen, als sie Rabbits Sattel abnahm, um das arme Pferd nicht zu erschrecken oder ihm wehzutun. Aber Junge, sie würde Brent am liebsten den Hals umdrehen.

Ihre Lippen prickelten noch immer von seinem Kuss. Der Kuss war perfekt gewesen … doch ein Kuss würde ihr nicht helfen, den Tatsachen ins Auge zu blicken. *Oh nein*. Dieser Kuss würde alles nur noch verwirrender machen.

Leichter gesagt als getan. Sie war noch nie zuvor so geküsst worden und irgendwie schien es so viel mehr zu sein als nur ein Kuss. „*Genug*", knurrte sie vor sich hin, nahm einen Striegel und zog ihn über Rabbits Mantel.

„Er hält mich wahrscheinlich für einen ausgewachsenen Idioten –", sagte sie und sah Rabbit in die Augen, während ihre Hand zitterte.

Sie flirtete, feixte und genoss es im Allgemeinen, Männer aufzuziehen. Sie hatte immer die Kontrolle dabei. Doch sie hatte gerade das Gefühl gehabt, vollkommen die Kontrolle verloren zu haben – genau wie bei einigen anderen Gelegenheiten, wenn sie mit Brent zusammen gewesen war. Da war etwas zwischen ihnen, das nicht zu leugnen war.

Ehrlich gesagt machte es ihr Angst. Es würde die Dinge nur verkomplizieren.

Richtig!

Schließlich wollte sie sich jetzt nicht mit einem Typen einlassen.

Sie hatte Pläne. Ziele, die erreicht oder zumindest in Gang gesetzt werden mussten, bevor sie zuließ, dass sich ihr Herz von … mit – Männern ablenkte. *Richtig!*

Sie *würde* einen klaren Kopf behalten.

Sie *würde* ihre Ziele im Auge behalten – sie wollte Pferde zureiten. Und sie würde es tun.

Aber … Sie hörte auf, Rabbit zu striegeln, und starrte auf die Weide vor dem Stall. Sie wollte auch sehen, wie diese Leere aus Brents Augen verschwand, wenn er über seine Familie sprach. Sie konnte es nicht leugnen.

Verflixt! Und doppelt verflixt! In ihrem Kopf floss alles zusammen, und sie war sich nicht sicher, was sie dagegen tun sollte.

Ziele oder nicht, sie war dabei, sich in den gutaussehenden, gequälten Cowboy zu verlieben.

KAPITEL ZEHN

Brent war in den letzten drei Tagen schlecht gelaunt gewesen, und als er bei Petes Futterladen Futter auf die Ladefläche seines Trucks lud, half nicht einmal die fröhliche Farbe des kanariengelben Gebäudes. Zumal er gesehen hatte, wie Tacy den Salon auf der anderen Straßenseite betreten hatte, als er vor dem Futterladen vorgefahren war. Zu wissen, dass sie dort drüben war, machte ihn nur noch wütender auf sich selbst. Er hatte sie geküsst, und jetzt konnte er nicht aufhören, daran zu denken. Oder die Tatsache, dass er ein verdammter Narr war – die Worte seines Vaters hallten durch seinen Kopf.

Er blickte von seiner Arbeit auf, als Pete aus dem Laden kam. Pete war ein großer Mann mit einer Glatze und einer lockeren Art. Er verschränkte die Arme vor seiner breiten Brust und lächelte. „Wie geht es den Pferden?"

„Gut." Brent war froh, dass er nach den Tieren gefragt hatte und nicht mehr.

Auf der anderen Straßenseite parkte ein Truck, und Norma Sue stieg aus. Die stämmige Rancherin trug eine blaue Latzhose und ein rotes, langärmeliges Hemd, und auf ihrem Kopf saß ein roter Cowboyhut. Ihre drahtigen grauen Locken ragten unter der Krempe hervor. Wenn sie weißes Haar gehabt hätte, wie das von Adela, hätte Norma wie eine texanische Mrs. Claus ausgesehen. Andererseits dachte er, dass sie trotzdem so aussah, auch ohne das schneeweiße Haar.

Selbst in seiner schlechten Laune konnte er nicht anders, als der fröhlichen Frau zuzuwinken, als sie ihre Hand zum Gruß hob. Sie ging gerade in Richtung Salon, als sie sich plötzlich umdrehte und auf ihn zukam.

„Achtung", warnte Pete. „Du bist auf ihrem Radar."

„Vielleicht bist du es ja, nicht ich." Brent nahm einen Sack Futter und warf ihn zu den anderen auf seinem Ladebett.

„Nein. Du bist derjenige, der App und Stanley dabei hilft, diese Kürbisschleuder zu bauen. Sie hat jeden, den sie sieht, gefragt, wie sie aussieht, also bin ich mir ziemlich sicher, dass du derjenige bist, mit dem sie reden will. Guten Tag, Norma", grüßte Pete, als sie die gelbe Linie auf der Straße überquerte.

„Dir auch, Pete. Wirklich ein guter Tag. Wie geht es dir heute, Brent?"

Brent nahm den nächsten Sack und sah, dass er noch vier aufzuladen hatte. „Mir geht's gut, Norma Sue. Und wie geht's dir?"

„Bestens. Alles gut. Also, ist eure Schleuder schon fertig?"

Pete stand abseits von Norma Sue, sodass sie sein Gesicht nicht sehen konnte, als er Brent mit hochgezogenen Augenbrauen angrinste. Brent wollte gerade antworten, als er hinter sich etwas wahrnahm, das sich anhörte, wie eine Rinderherde auf dem mit Holzbohlen beplankten Gehsteig. Norma Sues Augen weiteten sich, und als er sich umdrehte, sah er Applegate und Stanley, die auf sie zu donnerten.

„Norma Sue", dröhnte Applegate, als er

stehenblieb. „Sam sagt, dass Adela gesagt hat, du hättest deine Maschine fast fertig zum Testen."

„Nun, warum sollte sie ihm sowas erzählen?"

„Vielleicht", sagte Stanley gedehnt und klemmte seine Tüte Sonnenblumenkerne in seine Armbeuge, „weil er ihr Ehemann ist."

Brent warf einen Blick zum Salon hinüber und bemerkte, dass Lacy und Tacy vom Fenster aus zusahen. Selbst aus dieser Entfernung konnte er sie grinsen sehen.

„Also ich habe gerade Brent hier gefragt, ob ihr eure zum Testen bereit habt."

Brent warf ihr einen Blick zu, war aber klug genug, den Mund zu halten. Da wollte er sich nicht einmischen. Er hatte Pferde zuzureiten und andere wichtigere Dinge im Kopf.

„Du hast ihr nichts erzählt, oder?", fragte App und blinzelte den Cowboy mit strengen Augen an.

Brent runzelte die Stirn. „Nein. Aber ich bin mir nicht sicher, warum es schaden würde, es zuzugeben."

„Oh, du gibst also zu, dass sie fertig ist." Norma Sue strahlte triumphierend, während Applegate und

Stanley finster dreinblickten, als wäre er ein Verräter.

„Also, nein, Ma'am, das habe ich nicht gesagt –"

„Doch, hast du", sagte sie. „Also, wann testet ihr sie?"

„Unsere Geheimnisse zu verraten war jetzt wirklich nicht nötig", warf App ihm vor. „Wir haben dich dazu geholt, weil wir dachten, du könntest deinen Mund halten."

„Ja, das stimmt", pflichtete Stanley ihm bei und spuckte einen Sonnenblumenkern vor Brents Füße.

Pete lachte. Brent funkelte ihn an. Das lief völlig aus dem Ruder. „Was ist das Problem?", blaffte er. „Und fürs Protokoll, ich habe nichts dergleichen gesagt."

„Das spielt keine Rolle", sagte App. „Die Katze ist jetzt aus dem Sack."

Brent nahm zwei Futtersäcke und warf sie in den Truck. „Und ich dachte, das wäre ein freundschaftlicher Wettbewerb."

„Nun, das ist es", sagte Norma Sue. „Wie kommst du darauf, dass es das nicht ist?"

Wie bitte? Er blickte von ihr zu seinen

Teamkollegen. „Willst du mir sagen, dass *das* freundschaftlich ist?"

Stanley kratzte sich am Kopf und grinste. „Wir neigen dazu, uns ein bisschen mitreißen zu lassen."

Brent warf seine letzten beiden Futtersäcke in den Truck. „Und das ist eine Untertreibung."

Alle starrten ihn an. „Was?", fragte er gereizt.

„Bist du schlecht gelaunt?", fragte Norma Sue.

„Wirklich kein Grund, schlecht gelaunt zu sein", sagte Applegate.

„Sicher nicht", stimmte Stanley zu und warf sich noch ein paar Sonnenblumenkerne in den Mund. „Wir machen nur Spaß."

„Spaß?", sagte Brent und ertappte sich dabei, wie er mit Wut in den Augen zum Salon starrte. Wenn Tacy ihn nicht so verwirrt hätte, könnte er sich vielleicht darüber amüsieren, doch so lachte er nicht. Er riss die Fahrertür auf und stieg ein.

„Kommst du zum Thanksgiving-Dinner in der Kirche?", fragte Norma Sue und ging zu seinem Fenster. „Das könnte dir helfen, über deine schlechte Laune hinwegzukommen."

Im Moment war er sich nicht sicher, ob irgendetwas helfen würde. „Okay, ich werde da sein", sagte er und schämte sich ein wenig, weil er die Beherrschung verloren hatte.

Sie schenkte ihm ein breites Grinsen und tippte an ihren roten Hut. „Gut. Dann noch einen schönen Tag."

Was war gerade passiert? Da dachte er, dass er eingreifen und einen echten Streit beenden müsste, und am Ende hatte er zugestimmt, am Thanksgiving-Dinner der Gemeinde teilzunehmen. Die Einwohner von Mule Hollow waren wirklich seltsam. Seltsam, aber nett, das musste er zugeben.

„Sie haben ihn so verwirrt, dass er nicht weiß, wo oben und unten ist", lachte Lacy Matlock am Fenster ihres Salons. „Armer Cowboy."

Tacy konnte nicht umhin, Mitleid mit Brent zu empfinden. Nach allem, was Lacy ihr erzählt hatte, war diese sogenannte Fehde zwischen Applegate und Norma Sue nur ein bisschen Spaß zwischen den beiden. Sie musste zugeben, dass sie auch gedacht hatte, dass sie einander wirklich nicht ausstehen konnten.

„Du willst mir sagen, dass sie sich nicht wirklich an die Gurgel gehen?"

Lacy führte Tacy zurück zum Frisierstuhl, um ihre Haare fertig zu schneiden.

„Oh, sie sind zänkisch, und jeder ist fest entschlossen, den anderen zu schlagen. Aber sie haben Spaß dabei. Sie konkurrieren einfach gerne."

„Brent hat ausgesehen, als dachte er, dass sie versuchen wollten, einander umzubringen."

Lacy kicherte. „Oh ja, das stimmt. Wie geht's euch beiden auf der Ranch?"

„Nicht so gut. Was hat sich Sheri nur gedacht? Ich meine, ich bin extra hierhergekommen, damit Pace mit das Zureiten beibringt, und dann kreuzt an seiner Stelle ein Rodeostar auf, der mich eher fesseln würde, bevor er mich auf den Rücken eines nicht zugerittenen Pferdes lässt."

Lacy fuhr mit dem pinkfarbenen Kamm durch eine Haarsträhne, zog ihn dann gerade hoch und hielt ihn zwischen den Fingern. „Also, ich tratsche nicht wirklich gerne, aber ich werde dich in etwas einweihen, weil ich das Gefühl habe, dass du ein Recht darauf hast, es zu erfahren."

„Alles, was du mir sagen kannst, das mir helfen würde, zu verstehen, was hier los ist, wäre großartig."

„Pace hat sich Sorgen um Brent gemacht. Weißt du, als er den Job da draußen in Idaho angenommen hat, war er aufgebracht über etwas, was in seinem Leben passiert war. Familienprobleme."

„Ja, das weiß ich."

Lacy schmunzelte. „Er hat es dir gesagt."

Tacy zögerte angesichts Lacys offensichtlicher Begeisterung. „Ja", sagte sie vorsichtig.

„Großartig, dann hatten sie Recht."

„Womit hatte wer Recht?"

Lacy wedelte mit der Schere. „Nein, warte. Ich bin ein bisschen vorschnell, aber ich war so begeistert zu hören, dass er sich dir gegenüber geöffnet hat. Das ist gut. Sehr, sehr gut. Wie auch immer", sagte sie und schnitt die Haarspitzen oberhalb ihrer Finger ab. „Schau, Pace sagt, das Great Basin ist so groß, dass ein Mann dort arbeiten und fast das ganze Jahr über mit niemandem Kontakt haben kann, wenn er es so will.

Pace hat dort gearbeitet, weil er es geliebt hat. Das Leben ist dem der Cowboys des alten Westens so ähnlich, dass es für ihn eine Liebesaffäre mit dem Land und dem Leben war. Für Brent war es eine andere Geschichte. Brent ist vor etwas davongelaufen. Er war nicht da, weil er es geliebt hat, sondern um sich selbst zu bestrafen. Pace hat Sheri gesagt, dass das einfach nicht richtig war. Seit Pace hierhergezogen ist, sagt er, dass der Herr seine Gedanken immer wieder zu Brent gelenkt hat." Tacy begegnete ihrem Blick im Spiegel.

Sie stimmte mit Paces Einschätzung von Brent überein. Der Mann war verletzt und von Schuldgefühlen geplagt. Er hatte sich selbst bestraft.

„Als Pace unerwartet wegmusste, war Brent der erste, an den er dachte … sagte, er hätte erkannt, dass es ein guter Zeitpunkt ist, um zu sehen, ob er Brent zurück in die reale Welt holen kann."

„Selbst, wenn er damit meine Pläne über den Haufen geworfen hat", sagte Tacy, doch sie klang nicht wütend.

Lacy schnitt weiter. „Genau genommen war Sheri diejenige, die deine Pläne über den Haufen geworfen hat. Weißt du, Pace wollte dich anrufen und dich in alles einweihen, weil er wusste, dass du wahrscheinlich woanders hingehen wollen würdest, um zu lernen."

Tacy begegnete Lacys blauen Augen im Spiegel. „Sheri wollte mich hier haben." Es war keine Frage, sondern eine Feststellung. Sheri war am Telefon ausweichend gewesen, als sie sie nach der ersten Begegnung mit Brent angerufen hatte. „Aber warum?"

Lacy senkte ihr Kinn, und eine blonde Locke fiel über ein Auge, als sie Tacy einen Was-denkst-du-wohl?-Blick zuwarf. „Sie dachte, es würde helfen, wenn wir uns beide die Köpfe einrennen?"

„Tut es das?", fragte Lacy, anstatt zu leugnen.

Tacy dachte an den Kuss von vor drei Tagen. Sie war seit diesem Kuss verstimmt. Sogar die Kunden bei Sam hatten es bemerkt. Der arme Jess hatte aufgehört, mit ihr zu flirten, nachdem sie ihn praktisch angeknurrt hatte.

„Ehrlich, Lacy. Er hat sich mir anvertraut, weil er das Gefühl hatte, dass ich es verdient habe, zu wissen, warum er so dagegen war, da er mich nicht in den Paddock lassen wollte." Sie ging nicht näher darauf ein, weil sie nicht das Recht hatte, darüber zu reden, und sie wusste, dass Lacy das vollkommen verstand. „Es war gut, dass er es mir gesagt hat. Ich verstehe, warum er dagegen ist, also mache ich keinen Druck. Ich meine, etwas tut ihm immer noch weh, und wenn ich darauf dränge, macht es die Sache nur noch schlimmer. Doch ich habe das Gefühl, dass ich aus einem bestimmten Grund hier bin. Es ist ein komisches Gefühl. Ich glaube, ich bin hier, um ihm zu helfen, aber ich habe keine Ahnung, wie ich das anstellen soll."

Sie erwähnte nicht, dass sie sich darüber hinaus so zu ihm hingezogen fühlte, dass sie nicht klar denken konnte. Sie mochte es wirklich nicht, sich wie ein Fisch auf dem Trockenen zu fühlen.

Als sie mit dem Schnitt fertig war, kämmte Lacy Tacys Haare durch und nahm ihren Föhn und die Bürste. „Vielleicht bist du hier, um ihn zu drängen."

„Nein, du verstehst nicht. Wenn ich dränge, geht ein Feuerwerk los."

Lacy richtete den Föhn im Spiegel wie eine Pistole auf sie. „Du bist nicht die Art von Frau, die Angst vor Feuerwerkskörpern hat. Spring rein und lass sie fliegen.

Der Rauch wird sich irgendwann schon verziehen." Sie lächelte verschmitzt.

„Aber –"

„Kein Aber. Hast du jemals innegehalten und gedacht, dass er vielleicht ein Feuerwerk braucht? Es gibt nichts Besseres als Spannung, um einen Mann dazu zu bringen, sich der Wahrheit zu stellen."

Tacys Mund blieb offenstehen, und ihr Herz sackte in ihre Kniekehlen. Könnte Lacy Recht haben? „Aber was, wenn wir uns irren?"

„Was ist, wenn wir Recht haben?", antwortete Lacy mit einem breiten Lächeln.

KAPITEL ELF

Als Tacy zu Pace und Sheri zurückkam, kuschelte sich Birdy in ihr Körbchen neben der Tür – zusammen mit Brents Stiefel.

„Wie geht's dir, kleine Diebin?", fragte sie und bückte sich, um ihre Freundin zu streicheln und sich zu vergewissern, dass es ihr gut ging. Sie würde sie genau im Auge behalten müssen, weil sie jetzt jeden Tag fällig war. Mit Brents Stiefel zu kuscheln könnte ein Zeichen dafür sein, dass die Welpen bald zur Welt kommen würde. Sie brauchte offensichtlich Nähe.

„Es tut mir wirklich leid, dir den Stiefel wegnehmen zu müssen, Süße, aber ich muss es tun." Sie würde Brent auch sagen müssen, dass er aufhören sollte, den armen Hund in Versuchung zu führen, indem er seine Stiefel draußen ließ. Gott sei Dank hatte er zwei Paare, in denen er arbeitete, sonst hätte er ein Problem.

Nachdem sie ihre Reitkleidung angezogen hatte, fuhr Tacy zu Brent und stellte seinen Stiefel neben den anderen auf die Veranda. Sie konnte ihn im Paddock sehen, wo er mit einem der Pferde arbeitete. Als sie ihn sah, bereitete er sich darauf vor, zum ersten Mal eine Pferdedecke auf den Rücken des Tiers zu legen. Sie ging in seine Richtung, beobachtete und lauschte. Das Pferd wirkte verunsichert, doch Brent sprach ruhig zu ihm. Seine Stimme war wunderbar beruhigend. Das Bariton-Grollen war so verlockend, dass Tacy sicher war, dass es alles und jeden beruhigen konnte, mit dem er sprach – sie selbst könnte ihm den ganzen Tag lang zuhören. Da! Sie wurde schon wieder abgelenkt.

Sie ging zum Paddock, kletterte auf den Zaun, warf die Beine darüber und setzte sich. Als das Pferd sie sah, sprang es zur Seite, was ihr einen bösen Blick von Brent einbrachte. Er musste *wirklich* damit aufhören, sonst könnte er Gefahr laufen, dass seine Miene so einfror. Es dämmerte ihr, dass sein Herz in Gefahr sein könnte, dasselbe zu tun.

Sie warf ihm ein Lächeln zu, verschränkte die Arme und saß vollkommen still. Er knirschte so heftig mit den Backenzähnen, dass der arme Mann ein Kiefergelenksproblem bekommen würde, bevor die Sonne unterging.

„Zurück an die Arbeit," formte sie lautlos mit den Lippen.

Er wandte sich von ihr ab, und sie konnte sich ein Lächeln nicht verkneifen. Er wusste so gut wie sie, dass das Pferd sie nach ein paar Minuten akzeptieren würde, wenn sie still saß und schwieg. Was Brent anging, war sie sich jedoch nicht so sicher. Er funkelte sie erneut an, dann wandte er sich wieder dem Pferd zu, offensichtlich entschlossen, sie zu ignorieren.

Was für Tacy in Ordnung war, solange sie ihn beobachten konnte. Sie liebte es, ihm bei der Arbeit zuzusehen. Er war so geduldig, wie der Tag lang war – mit einem Pferd. Einem Pferd beizubringen, einem zu vertrauen, war eine Kunst. Man musste dem Tier klarmachen, dass man ihm nichts Böses wollte. Jedes Mal, wenn man sich das Vertrauen eines Tieres verdiente, war es befriedigend. Pferde waren in dieser

Hinsicht wie Menschen.

Sie fragte sich, wie sie Brents Vertrauen gewinnen konnte. In gewisser Weise hatte er ihr bereits gezeigt, dass er ihr vertraute, indem er sich ihr über seine Vergangenheit anvertraut hatte. Das Problem, dass sie unbedingt Pferde zureiten wollte, könnte das alles jedoch zunichtemachen, und sie wusste es.

Doch wie Lacy betont hatte, könnte es ihm auch helfen. Tacy saß da und beobachtete, wie er mit dem Pferd arbeitete, während er sie ignorierte, schloss die Augen und betete, dass Gott sie führen möge. Dass Er ihr helfen würde, mit dieser Situation umzugehen. Sie betete auch, dass Er ihr vergeben würde, wenn sie es vermasselte. Sie hatte Angst, etwas zu vermasseln ... doch dann würde sie einfach darauf vertrauen müssen, dass Gott ihre Fehler ausbügelte, wenn sie nicht Teil des großen Plans waren.

Nach ungefähr einer Stunde band Brent das Pferd an und kam in ihre Richtung. Während sie ihn beobachtete, hatte sie einen Flashback zum letzten Mal, als er so zielstrebig auf sie zugegangen war – sie verdrängte den Kuss aus ihrem Kopf und kletterte vom Zaun.

„Du störst das Pferd mit deiner Anwesenheit hier", sagte er, öffnete das Tor und ging hinaus.

Sie folgte ihm hinaus. „Du weißt so gut wie ich, dass es mich nach ein paar Minuten vergessen hat."

Sein Blick traf sie wie ein Ziegelstein, als er angewidert oder frustriert den Kopf schüttelte, bevor er auf die Hütte zu stapfte.

„Du bist so stur, Brent. Ich habe nur deinen Stiefel zurückgebracht, falls es dich interessiert, warum ich hier bin!", rief sie und eilte hinter ihm her. „Vielleicht könntest du die in Zukunft im Haus lassen. Birdy hat ihn heute Morgen wie einen Welpen gekuschelt."

Sie sah seine Lippen zucken und wusste, dass er das süß fand. Der Mann hatte ein Faible für ihren Hund.

„Hat sie schonmal Welpen gehabt?", fragte er und blieb bei den Stufen stehen. Er trug Chaps aus Wildleder über verwaschenen Jeans und ein langärmeliges Hemd – sie zwang sich, nicht daran zu denken, wie wild und selbstbewusst er aussah. Sie zwang sich, nicht daran zu denken, wie wunderbar es sich angefühlt hatte, in seinen starken Armen gehalten zu werden.

Sie holte tief Luft und schüttelte den Kopf. „Es ist

das erste Mal, aber der Tierarzt sagt, dass alles gut laufen sollte. Ihre Mutter hatte immer viel Glück bei der Geburt ihrer Welpen, darum erwarte ich keine Probleme."

„Gut."

Er trat auf die Veranda und ging zur Tür, ohne noch etwas zu sagen. Sie hatte eine Diskussion erwartet, sogar einen Streit. Sie hatte nicht damit gerechnet, einfach so stehengelassen zu werden. Okay, er hatte ein paar Worte gesagt, doch wie konnte er einfach in die Hütte gehen und sie draußen stehenlassen?

Tacy wirbelte herum, stapfte zurück zum Stall und fütterte Rabbit. Als sie fertig war, wartete sie am Paddock, doch Brent kehrte nicht zurück. Sie sah auf ihre Uhr. Es war eine Stunde vergangen.

Das war lächerlich. Sie starrte auf die Hütte und stellte sich vor, wie er drinnen saß und sie beobachtete. Sie verschränkte die Arme und kochte vor Wut. Das Pferd, mit dem Brent gearbeitet hatte, schnaubte, und sie warf einen Blick in seine Richtung, wütend, als sie es ruhig auf ihn warten sah.

Glaubte Brent sie aussitzen zu können? Versuchte

er, sie zu manipulieren? Dachte er, wenn er in der Hütte blieb, müsste er nur warten, bis sie aufgab und ging? *Ha!* Sie würde ihn da rausholen, wenn er sie beobachtete. Anstatt zu ihrem Truck zu gehen, ging sie direkt auf den Paddock zu. Mit einem Blick über die Schulter zum Fenster der Hütte öffnete sie das Tor und ging hinein zu dem Pferd. Zwei konnten dieses Spiel spielen.

Sie war nicht so leicht zu manipulieren, wie er dachte, und dank Lacy sah sie die Dinge in einem ganz neuen Licht.

Was trieb die schöne kleine Verrückte da?

Brent war aus der Tür und die Treppe hinunter, in dem Moment, als er begriff, dass Tacy in den Paddock ging. Sie sollte nach Hause fahren. Sie sollte nicht zu dem Pferd in den Paddock! Zumindest war es angebunden und die anderen Pferde waren auf der Weide.

In dem Moment, als er den Paddock betrat, wurde ihm klar, dass er genau das tat, was sie wollte. Tacy war nicht auf der anderen Seite bei dem Pferd.

Sie lehnte neben dem Tor und wartete auf ihn.

„Hey, Cowboy, wird auch Zeit, dass du auftauchst." Er kniff seine Augen zusammen, und seine Wut flammte auf.

„Was machst du?"

„Auf dich warten, Honey Bunches", sagte sie mit einem übertriebenen Lächeln, während sie ihr Handgelenk hochhielt, sodass er das Zifferblatt ihrer Uhr sah. „Guter Lauf. Vier Sekunden nach dem Öffnen des Riegels. Musst deine Nase am Fensters plattgedrückt und mich mit Argusaugen beobachtet und erwartet haben, dass ich brav zu meinem Truck rübergehe und verschwinde."

„Okay, dann hast du mich also durchschaut. Würdest du jetzt bitte wieder rausgehen?"

„Nein, das denke ich nicht. Ich glaube, ich gehöre hierher. Schau, er beschwert sich nicht." Sie musterte das Pferd und richtete dann kompromisslose Augen auf ihn. „Ich war mir nicht sicher, wie ich damit umgehen sollte. Nachdem du mir von deiner Schwester erzählt hast, habe ich mich zurückgehalten, weil ich deine

Gefühle respektiere und verstehe, dass du verletzt bist und dich schuldig deswegen fühlst, was mit ihr und dem Pferd passiert ist."

„Raus hier", sagte er streng, überhaupt nicht erfreut über die Wendung des Gesprächs.

Sie schüttelte den Kopf. „Wie bereits gesagt, ich bleibe." Sie verschränkte die Arme und forderte ihn mit ihrem Blick heraus.

Sie sah mit diesem selbstgefälligen, trotzigen Funkeln in ihren Augen viel zu süß aus. „Tacy, provozier mich nicht", knurrte er. Sie schüttelte den Kopf und trat einen Schritt von ihm weg. Er ging auf sie zu. „Ich warne dich."

Sie öffnete den Mund und sah unglaublich verspielt aus. „Oder was? Wirst du mich über deine Schulter werfen und mich hier raustragen?"

„Führe mich nicht in Versuchung." Anstatt im geringsten besorgt auszusehen, warf sie den Kopf in den Nacken und lachte! „Hey, ich werde es tun", warnte er, trat einen weiteren Schritt auf sie zu und ließ seine Sporen klirren.

Unsicherheit flackerte in ihren Augen. „Sei nicht

albern. Ich hab nur Spaß gemacht."

„Ich nicht." Er trat einen weiteren Schritt näher. Sie wich zurück und warf einen Blick auf das Pferd, das sie beobachtete.

„Du machst das Pferd nervös."

„Offensichtlich stört er sich nicht an dir. Für mich sieht er okay aus."

Ihre Augen leuchteten auf, als sie ihre Fäuste in die Hüften stemmte. „Oh, dann ist dir das also aufgcfallen."

„Was ist mir aufgefallen?"

„Dass das Pferd sich nicht daran stört, dass ich hier drin bin. Ich habe mich gefragt, ob du es zugeben würdest. Und du hast es getan."

Er starrte von ihr zu dem Pferd. Es stimmte, dass es nicht allzu besorgt aussah, dass sie hier war. Und er hatte bereits zugegeben, dass sie mit Tieren umgehen konnte. „Warst du schon immer so starrköpfig?"

„Immer."

Sie starrten einander an, und er war wirklich versucht, sie tatsächlich über die Schulter zu werfen und durch das Tor hinauszutragen – doch er wusste, dass sich das Pferd dabei erschrecken und was er bereits mit ihm erreicht hatte zunichtemachen könnte. Er studierte Tacy.

„Keine clevere Antwort darauf?", fragte sie.

„Ehrlich gesagt nein. Du verwirrst mich."

„Hey, ich bin ein offenes Buch", sagte sie und kletterte dann wieder auf ihren Platz auf dem Zaun. Sie kicherte, als sie auf ihn hinabblickte. Das Pferd hörte sich an, als kicherte es mit ihr. „Außerdem ist Verwirrung gut." Sie klopfte neben sich auf die Sprosse. „Komm hier hoch und entspann dich. Frag mich, was auch immer du fragen willst. Ich denke, wir müssen reden und diese Verwirrung beseitigen."

Das Letzte, was er wollte, war, sich neben sie zu setzen und sie versuchen zu lassen, seine Entschlossenheit aufzuweichen. Aber was konnte er tun? Er kletterte hinauf und setzte sich neben sie … so nah, dass sich ihre Knie berührten.

„Jetzt schau nicht so bedrückt – wir reden nur", sagte sie. „Es hat heute Nachmittag so ausgesehen, als wärst du zwischen App und Norma zwischen die Fronten geraten."

„Und du hast ausgesehen, als hättest du die Show

genossen", knurrte er.

„Ich gebe zu, es hat Spaß gemacht zuzusehen. Du warst dir nicht sicher, ob sie handgreiflich werden würden oder nicht." Sie kicherte und stieß ihn mit ihrer Schulter an. „Gib's zu. Du hattest Angst, dass du als Schiedsrichter einspringen musst."

Er lachte. „Okay, du hast Recht. Ich wusste nicht, was los war."

„Glaub mir, sie haben einfach Spaß, auch wenn es vielleicht nicht so aussieht. Lacy sagt, dass sie immer irgendwas finden, um sich zu zanken."

Er bemerkte, dass er den Faden seiner Gedanken verlor, als er ihre tanzenden Augen beobachtete. Plötzlich verdunkelte sich ihr Grün und überraschte ihn. Ebenso unerwartet berührte sie seinen Arm und drückte ihn sanft.

„Fährst du an Thanksgiving nach Hause?", fragte sie leise.

Sie waren innerhalb von Sekunden von Frust, zu Flachsen, zu einem ernsten Gespräch übergegangen. Wie schaffte sie das? „Nein, ich fahre nicht", sagte er. Er wünschte, sie würde damit aufhören. Die enttäuschte

Stimme seiner Mutter klang jetzt in seinen Ohren.

„Ich wette, deiner Mutter hat das nicht gefallen, als du es ihr gesagt hast."

Er wollte nicht darüber reden, doch ihre Sorge berührte ihn. „Sie war enttäuscht", gab er zu und versuchte nicht daran zu denken, wie viel Traurigkeit er in ihrer Stimme gehört hatte, als sie das letzte Mal gesprochen hatten. „Aber es ist besser so."

„Es wäre gut, wenn du nach Hause fahren und aufhören würdest davonzulaufen."

Er verzog das Gesicht. „Ist es das, was du denkst? Dass ich davonlaufe?" Anstatt schnell zu antworten, wurden ihre Augen noch dunkler.

„Ja, das denke ich. Ich weiß, es geht mich nichts an, aber nach dem, was du mir erzählt hast, kann ich das Gefühl nicht loswerden, dass du nach Hause fahren musst."

Er richtete sich auf, und seine Schultern fühlten sich plötzlich verkrampft an. „Tacy, du hast keine Ahnung –"

„Du weißt, was man sagt, dass man gleich wieder aufs Pferd aufsteigen soll, wenn man abgeworfen wurde …"

„Das hat damit nichts zu tun."

„Doch, das hat es, Brent. Du hast einen Fehler gemacht. Einen wirklich tragischen Fehler. Aber deiner Schwester geht es Gott sei Dank besser. Und du hast aus dem, was passiert ist, gelernt. Weißt du, was ich für das Traurigste bei alldem halte? Die Tatsache, dass es zwischen dir und deinen Vater gekommen ist. Ich bin sicher, das tut deiner Mutter schrecklich weh."

Brent wandte den Blick ab. „Du hast Recht. Das ist nicht deine Sache." Ja, er war ein Idiot. Daran bestand kein Zweifel.

Sie stieß ihm ihr Knie gegen seines. „Hey, wir sind vielleicht nicht wirklich Freunde, aber wir sind Nachbarn, und Nachbarn kümmern sich um Nachbarn."

„Oder sie sind einfach nur neugierig."

Sie lachte. „Wenn du denkst, dass du mir Angst machen kannst, indem du gemein bist, dann irrst du dich."

„Das ist verrückt. Ist irgendwas im Wasser hier, das die Leute dazu bringt –"

„Sich um ihre Mitmenschen kümmern zu wollen?"

„Nicht das Wort, nach dem ich gesucht habe. Eher,

sich stur einzumischen."

Sie kicherte. „Wenn ja, dann hast du *viel* zu viel davon geschluckt."

Er blinzelte, als ihre bissigen Worte ihn trafen. Seine Lippen zuckten gegen seinen Willen, und bevor er sich beherrschen konnte, lächelte er.

„Oh!", rief sie und schlug sich die Hand aufs Herz. „Der Cowboy lächelt."

„Sehr witzig."

„Nein, wirklich, das solltest du öfter machen. Es ist schön. Wirklich schön", sagte sie mit einer Wärme, die ihm direkt ins Herz schoss und es zum Rasen brachte. Sie machte sich nicht lustig über ihn, sondern meinte es wirklich nur nett.

Einerseits brachte es ihn zum Lächeln, sie anzusehen oder nur in ihrer Nähe zu sein. Andererseits ging sie ihm grenzenlos auf die Nerven. Er war dabei, sich in Tacy Jones zu verlieben, und er wusste es. Da er Abstand zwischen ihnen schaffen musste, sprang er vom Zaun. Entschlossen, ihm diesen Gefallen nicht zu tun, folgte sie ihm. Und war es nicht nur sein Glück, dass sie mit einem dumpfen Schlag und einem Grunzen landete, als sich ihr Knöchel dabei verdrehte. Sofort packte er ihren Arm, um sie zu stützen, und war ihr wieder viel näher, als ihm lieb war.

„Oh", sagte sie so atemlos, wie er sich plötzlich fühlte.

„Bist du okay?", schaffte er, sie zu fragen. Die Frau hatte die größten Augen – nur in sie zu blicken war schon gefährlich.

Sie atmete langsam durch, bevor sie antwortete.

„Wollte nur deine Reflexe testen. Jetzt zu diesem Pferd – meinst du nicht, du könntest einem Mädchen eine Chance geben?"

Das *Pferd*. Hier dachte er über Tacy nach, und alles, woran sie dachte, war, dieses vermaledeite Pferd und wie sie ihn dazu bringen konnte, sie es zureiten zu lassen!

Er war ein Narr. Er ließ seine Hand von ihrem Arm sinken und zeigte auf das Tor. „Raus, Tacy. Sofort!"

KAPITEL ZWÖLF

„Hör auf, mich rumzukommandieren", sagte Tacy, als sie den Paddock verlassen hatte. „Ich versuche zu helfen. Du hast ein Problem. Das ist dir schon klar, oder?"

Er folgte ihr hinaus. „*Du* bist mein Problem. Ich versuche, dich zu beschützen, und alles, was du tun willst, ist –"

„Ist, wofür ich hergekommen bin und was *ich* tun will. Ja, ich weiß. Und du hast keinen vernünftigen Grund, mich davon abzuhalten. Ich bin kein Kind oder Teenager. Ich bin eine erwachsene, fähige Frau, und du kannst mir nicht sagen, dass du das nicht bemerkt hast."

Er wollte etwas sagen, doch stattdessen presste er seine Lippen aufeinander, als sein Blick über sie glitt.

Sie verschränkte die Arme und starrte ihn an. Sie erinnerte sich an jedes Detail seines Kusses. Was in aller Welt hatte sie sich gedacht, als sie auch nur mit dem Gedanken gespielt hatte, dass er jemand war, in den sie sich verlieben könnte? Der Gedanke war einfach lächerlich. Trotzdem kehrte ihr Verstand immer wieder dorthin zurück. Erbärmlich!

„Was? Willst du einfach nur dastehen und mich anstarren? Ist dir nicht aufgefallen, dass ich eine fähige Frau bin?"

Er kniff die Augen zusammen, genau wie sie. „Oh, mir ist sehr wohl aufgefallen, dass du eine Frau bist. Das kann man kaum leugnen." Er trat nun näher und drang in ihre Distanzzone ein. „Eine schöne, temperamentvolle Frau, die gerne ihren Willen durchsetzt. Auch wenn sie Männer manipulieren muss, um das zu tun."

Er denkt ich bin schön! Sie lächelte ihn wie ein Trottel an und versuchte, ihre Gedanken zu ordnen – leichter gesagt als getan. Sie genoss seine Nähe mehr, als sie wollte oder sollte.

„Was ich will ist nur das, was ursprünglich sein

sollte", sagte sie und zwang sich, sich auf das zu konzentrieren, was für ihre Ziele relevant war. „Komm schon, Brent. Du hast ein Problem, und ich bin die Lösung. Du brauchst Hilfe. Du brauchst Hilfe beim Reiten dieser Pferde, um genügend Sattelzeit zu haben, bevor die Besitzer sie abholen. Du brauchst mich." Es war absolut wahr, und er wusste es. Entweder musste er sich von ihr helfen lassen oder jemand anderen einstellen.

Sie starrten einander an. Zweifellos würde er das Licht sehen. Der Mann war nicht dumm. Sicherlich würde sein gesunder Menschenverstand obsiegen, und er würde erkennen, dass das ganz anders war, als als er seiner Schwester erlaubt hatte, sich auf ein nicht zugerittenes Pferd zu setzen. Einen spannungsgeladenen Moment später trat er zurück.

„Was ich mit den Pferden mache, geht dich nichts an. Du bist nicht –"

Das war genug! „Du bist ein unverbesserlicher Dickkopf, Cowboy", knurrte sie, trat einen Schritt auf ihn zu, und diesmal war sie es, die in seine Distanzzone eindrang. „Und da dachte ich, du hättest sowas wie

Verstand und vielleicht ein Herz, aber du bist nur engstirnig und egoistisch!" Sie wirbelte herum und ging hocherhobenen Hauptes auf ihren Truck zu, drehte sich jedoch noch einmal herum und sah ihn wieder an. „Ich kann diese Pferde reiten. Und selbst wenn ich auf eins steige und auf den Hintern geworfen würde, wäre es besser, als zu viel Angst zu haben, es überhaupt zu versuchen. Weißt du, was du bist, Brent Stockwell? Du bist ein feiger Chauvi!"

Sie stürmte zu ihrem Truck und kochte den ganzen Weg nach Hause vor sich hin. Sie fühlte sich kindisch und bestätigt zugleich, doch weder das eine noch das andere gefiel ihr.

* * *

Trotz seiner schlechten Laune blieb Brent am nächsten Tag nach der Kirche, weil Norma Sue nichts davon hören wollte, als er sagte, dass er gehen wollte. Sie aßen und spielten dann Volleyball – und sie war fest entschlossen, Brent zum Mitmachen zu bewegen.

Er hatte in seinem ganzen Leben noch nie so viel

Essen gesehen, doch Applegate versicherte ihm, dass es nächste Woche beim Thanksgiving-Dinner der Kirche mindestens doppelt so viel geben würde. Brent würde das wahrscheinlich nicht sehen, doch das sagte er App nicht. Stattdessen lud er seinen Teller voll, trug ihn zu einem Tisch und setzte sich. Sein Blick wanderte über den Gemeindesaal zu dem Tisch, an dem Tacy mit einer Gruppe von Frauen in ihrem Alter saß. Sie lachte, und als er es hörte, drehte sich sein Magen um, als hätte er gerade seinen Stiefel zum ersten Mal in den Steigbügel eines Rodeo-Broncs gesteckt. Nein, damals hatte er instinktiv gewusst, was er mit diesem Bronc tun musste … Er hatte jedoch keine Ahnung, was er mit Tacy anfangen sollte, und es machte ihn verrückt.

Im Gegensatz zu ihm schien sie sich heute zu amüsieren. Als sie ihn am Tag zuvor verlassen hatte, war sie nicht glücklich gewesen – oh nein, der rothaarige Heißsporn war heißer gewesen als ein Feuerwerkskörper am 4. Juli.

Und trotz allem – trotz all der harten Worte, die er zu ihr gesagt hatte – hatte es ihn die ganze Nacht beschäftigt. Sie war der irrigen Annahme, dass es ihm

Spaß machte, ihr etwas zu verweigern, das sie so sehr wollte. Sie hatte keine Ahnung, wie sehr ihn das mitnahm.

Doch als er sie jetzt glücklich sah, hielt er inne. War alles an ihrer Beziehung – das Wenige, das sie hatten und wie seltsam es auch sein mochte – nur ein Weg, um auf den Rücken eines der Broncos zu kommen? Der Gedanke plagte ihn wie ein Nagel im Stiefel. Er verstand vollkommen, dass es ihn störte, weil er wollte, dass sie etwas für ihn empfand, das weit darüber hinausging, ihn zu manipulieren, um ihren Willen durchzusetzen. Als würde Tacy seinen Blick spüren, sah sie in seine Richtung und hielt seinen Blick für eine Sekunde fest. Eine Sekunde, die sein Herz aussetzen ließ und ihm den Atem raubte.

Er zappelte, und er wusste es.

Er sollte Pferde ausbilden, und alles, woran er denken konnte, war ein grünäugiges Mädchen mit kupferrotem Haar und einer feurigen Entschlossenheit, das ihn anzog wie Licht die Motten. Er empfand immer mehr für Tacy Jones, egal wie sehr er es zu leugnen versuchte.

„Sie ist ein kompliziertes Ding, nicht wahr?" Brent zog seinen Kopf aus den Wolken und starrte den Cowboy an, der gerade neben ihm auf dem Stuhl Platz genommen hatte. Es war Jess.

Brent starrte ihn an, nicht sicher, was er darauf sagen sollte. Er schwieg, damit Jess es selbst erklären konnte. Als er Brents harten Blick sah, warf der Cowboy Tacy einen Blick zu und zuckte mit den Schultern.

„Ich meine nur, sie ist ein Rätsel. Ich kann sie nicht verstehen, obwohl ich mir größte Mühe gebe. Du siehst sie an, als würdest du sie gerne –" Er hielt inne. Brents Stimmung ging dabei gen Süden.

„Als würde ich sie gerne was?", fragte er, und seine Stimme war so gereizt, wie er sich fühlte.

Jess' Brauen senkten sich. „Hey, ich habe nichts andeuten wollen, also komm wieder runter, Mann. Ich sage nur, du siehst aus, als würdest du sie auch gern kennenlernen wollen. Sie ist großartig. Wer würde nicht der Typ sein wollen, der die Barriere überwindet, die sie errichtet hat, um uns alle auszusperren?"

Brents Stimmung beruhigte sich ein wenig. Vielleicht hatte er voreilige Schlüsse gezogen, doch der

Gedanke, dass dieser Cowboy oder irgendein anderer auch nur an Tacy dachte, passte ihm nicht. Da er kein Interesse daran hatte, das Gespräch mit Jess fortzusetzen, nahm er eine Gabel voll Kartoffelsalat und schob sie sich in den Mund.

Brent wusste, dass er sich auf körperlicher Ebene zu Tacy hingezogen fühlte, doch es ging auch tiefer. Sie hatte dieses unheimliche Talent zu wissen, was er dachte – das irritierte und faszinierte ihn zugleich. Es brachte ihn dazu, über Dinge nachzudenken. Wie machte sie das? Wie als sie ihm gesagt hatte, dass er zu Thanksgiving nach Hause fahren musste. Tacy hatte das sofort mitbekommen. Die Reaktion seiner Mutter nagte an seinem Gewissen.

Es war nicht ihre Schuld, dass er den falschen Weg gewählt hatte – den Weg des Alkohols und der Frauen –, als er jede Chance gehabt hatte, etwas aus sich zu machen. Es war nicht ihre Schuld, dass er seine wildere Seite herausgelassen hatte, anstatt sich der guten Erziehung zu besinnen, die er genossen hatte. Es war etwas, das er für den Rest seines Lebens bereuen würde – und nichts, worüber er jetzt nachdenken wollte. Er schob diese Gedanken beiseite und konzentrierte sich auf das Essen auf seinem Teller. Er starrte auf seine Süßkartoffeln, als Jess ihn mit dem Ellbogen in die Seite stieß.

„Es scheint, als ob einer von uns im Spiel die Nase vorn hat."

Brent funkelte ihn an. „Wovon redest du?"

Der Cowboy nickte mit dem Kopf in Tacys Richtung. „Sie wirft immer wieder verstohlenen Blicke hier rüber, und leider nicht meinetwegen. Ich glaube nicht einmal, dass sie bemerkt hat, dass ich neben dir sitze."

Brent blickte in Tacys Richtung. Tatsächlich warf sie ihm einen schnellen, durchdringenden Blick zu. Ihre Augen waren klar wie eine grüne Flamme, und er spürte das Brennen im ganzen Raum. Es ließ keinen Zweifel offen, dass sie heute genauso wütend auf ihn war wie gestern.

„Das ist nichts Neues", sagte er zu Jess. „Sie ist nur wütend auf mich. Wieder mal."

„Hey, stell dein Licht nicht so unter den Scheffel. Das hat zumindest ihre Aufmerksamkeit erregt. Versteh mich nicht falsch. Ich bin ein großer Fan ihrer Schlagfertigkeit, doch dieser Blick, den sie dir gerade zugeworfen hat – also, das ist hundertprozentig pure Emotion. Das ist unbezahlbar." Jess stand auf und nahm seinen Teller. „Ich würde es nicht verschwenden, wenn ich du wäre."

Jess' Beobachtung war Brent nicht entgangen. Trotzdem hatte der Cowboy keine Ahnung, was für einen Eiertanz er und Tacy aufführten. Er sah wieder in ihre Richtung, doch sie hatte ihren Teller und ihr Glas genommen und war gerade dabei, sich von allen zu verabschieden. Er sah ihr nach, als sie zum Mülleimer ging und dann hinaus. Er konnte seinen Blick nicht von ihr reißen.

Er hatte ein Problem. Was er gegen diese unerwartete Komplikation tun wollte, war die Frage, die er noch beantworten musste.

* * *

„Birdy, wo bist du?" Tacy ging in die Scheune und wurde nicht von dem vertrauten Bellen begrüßt. Rabbit jedoch steckte seinen Kopf über die Box und schnaubte. Sie hielt in ihrer Suche inne, um ihn sanft zwischen den Augen zu kraulen. „Hey, Junge, wie geht's dir? Hast du heute unsere kleine werdende Mama gesehen?"

Das Pferd scharrte auf dem Boden und sah sie mit großen Augen an.

„Schade, dass ich deine Antwort nicht verstehen kann", sagte Tacy und sah in den anderen Boxen nach. Sie waren leer. Angst kroch langsam ihre Wirbelsäule empor. Sie hätte heute Morgen nicht zur Kirche gehen sollen. Birdy hatte ausgesehen, als wäre heute der Tag. Da sie die werdende Mutter nicht finden konnte, machte sie sich Sorgen. Wäre sie nicht so besorgt gewesen, hätte sie sich über die Ablenkung von ihren verworrenen Gedanken über Brent gefreut.

„Birdy, komm schon, Mädchen, wo bist du?", rief sie, als sie über den Hof zu Brents Hütte ging. Sie wollte ihren Blue-Heeler finden und nach Hause bringen, bevor Brent auftauchte. Das war einer der Gründe gewesen, warum sie gleich nach dem Essen gegangen war. Sie machte sich Sorgen um Birdy, doch wenn sie länger geblieben wäre, wäre sie vielleicht zu Brent gegangen und hätte sich vor der gesamten Kirchengemeinde zum Narren gemacht.

Das Brummen eines Trucks ließ sie die Augen verdrehen, bevor Brent um die Kurve kam und über den Weiderost fuhr. Sie hätte wissen müssen, dass er nicht zum Volleyballspiel bleiben würde. Sie hatte irgendwie gehofft, Norma Sue würde ihn festhalten und nicht gehen lassen. Aber nein, der Mann konnte einfach nicht anders, als neue Wege zu finden, ihr Leben zu stören.

Ihre Knie fühlten sich zittrig an, als er aus seinem Truck stieg. „Ich suche Birdy", sagte sie atemloser, als sie beabsichtigt hatte. „Hast du sie gesehen, bevor du heute Morgen zur Kirche gegangen bist?"

„Ich habe sie in den Stall gehen gesehen. Hast du da nachgesehen?"

„Ja. Ich wollte gerade hinter der Hütte schauen. Ich denke, sie ist so weit, und jetzt mache ich mir Sorgen, weil ich einfach angenommen habe, dass sie ihre Babys in ihrem Körbchen zur Welt bringen würde. Ich habe weiche Handtücher und alles für sie hineingelegt."

„Lass mich helfen. Sie könnte sich unter dem Haus verstecken. Als ich klein war, hatten wir einen Hund, der mehrere Würfe unter dem Stall hatte."

„Das kann ich gut allein", sagte Tacy, ging zur Seite der kleinen Hütte und auf die Knie, um unter das dunkle Gebäude zu spähen.

Brent ging neben ihr in die Hocke. „Das Gute an der Hütte ist, dass die Blöcke nicht zu niedrig sind."

Sie starrte ihn an. Hatte er nicht gehört, was sie gerade gesagt hatte? „Wirklich, Brent, ich brauche deine Hilfe nicht. Du hast Pferde zuzureiten." Okay, sie war gereizt, sollte er sie doch verklagen.

Er zog seinen Kopf unter dem Haus hervor und begegnete ihrem Blick mit tanzenden, amüsierten Augen. „Ich gehe eine Taschenlampe holen."

Wütend sah sie ihm nach, als er aufstand und verschwand. Sie wollte seine Hilfe nicht. Sie fürchtete sich vor ihrer impulsiven verrückten Seite – der, die ständig an den Kuss dachte. Derselben Seite, die sich immer wieder vorstellte, wie sie zusammen alt wurden. Verrückt, verrückt, verrückt.

Sie als Paar. Verheiratet. *Ha!* Das würde nicht einen Monat halten.

„Birdy, bist du hier unten, mein Mädchen?", rief

sie, mehr als nervös, den vermissten Hund zu finden und ihn zurück zu sich nach Hause zu bringen. Die Hütte war nicht so groß, doch sie konnte in der Dunkelheit darunter nichts ausmachen.

„Siehst du was?"

Sie zuckte zusammen, als sie Brents Stimme so nahe hörte. „Mein Gott, tu das nicht nochmal! Du hast mich fast zu Tode erschreckt!", keuchte sie.

Er grinste und ging neben ihr in die Hocke. „Tut mir leid. Das wollte ich nicht."

„Oh, versuch das jemandem weiszumachen, der dich nicht kennt, Mister."

„Also gibst du es zu." Er lachte und das schickte kleine Stromstöße über ihre Haut.

„Was?"

„Dass du mich kennst."

Sie richtete sich auf. „Na ja, sozusagen. Du *bist* mein Nachbar. Wir *haben* viel gestritten."

Er beugte sich vor, und sein Blick fiel auf ihre Lippen. „Ja, das haben wir. Macht irgendwie Spaß, nicht wahr?"

Tacys Herz pochte unkontrolliert. Nur noch ein

paar Zentimeter, und sie könnten sich wieder küssen – *Whoa! Was dachte sie da nur?*

Sie versetzte ihm mit einer zitternden Hand einen Klaps auf die Schulter. „Immer langsam, Cowboy. Ich glaube nicht, dass wir hier auf derselben Wellenlänge funken."

Sein Blick wanderte zu ihrem. „Oh, ich denke schon, und du weißt es."

Die Chemie zwischen ihnen zischte wie ein Grasfeuer im Juli. „Also", brachte sie hervor und musste schwer schlucken, weil ihre Kehle staubtrocken geworden war. „Was ich weiß ist, dass Birdy uns braucht. Wir müssen sie finden." Da. Sie hatte es geschafft, das Gespräch wieder in die richtige Richtung zu lenken. Keine leichte Sache, wenn sie nur an das Gefühl seiner Lippen auf ihren denken konnte.

Brent war ein Narr. Er wusste es, doch das hielt ihn nicht davon ab, Tacy zu provozieren. Er verlor den Verstand, denn wenn sie klug war – und das war sie –, dann würde sie die offensichtliche Anziehung benutzen und sie gegen ihn einsetzen, um zu bekommen, was sie wollte. Es war ein sehr gefährliches Terrain, auf dem er sich bewegte.

Er riss den Kopf aus den Wolken, bückte sich und leuchtete unter die dunkle Hütte. „Sie ist nicht auf dieser Seite", sagte er und spürte Tacys Schulter an seiner, als sie sich vorbeugte, um nachzusehen. Er hielt seinen Blick geradeaus und schalt sich, nicht weiter über diese Anziehung nachzudenken.

„Lass uns auf die andere Seite gehen." Er stand auf und ging in diese Richtung, ohne auf ihre Antwort zu warten. Distanz zwischen ihnen zu schaffen war ein kluger Schachzug.

„Glaubst du, sie könnte irgendwo anders hingegangen sein?", fragte Tacy neben ihm.

„Hast du den Schuppen im Wald zwischen deinem Haus und meinem überprüft?"

Es gab einen Pfad, der durch den Wald zwischen den beiden Anwesen führte, doch Tacy fuhr immer zu ihrer Hütte und ging nie durch den Wald. Der alte Schuppen war ihr nicht in den Sinn gekommen. „Nein, daran habe ich nicht gedacht. Schauen wir uns diese

Seite an, dann gehen wir dorthin."

Er nickte und unterdrückte ein Lächeln. Sie hatte gerade die Verantwortung übernommen. Verschwunden war die verletzliche Frau, die er eine Minute zuvor gesehen hatte, als sie offensichtlich angesichts der Anziehung, die sie für ihn empfand hin- und hergerissen war. Diese Tacy war diejenige, die alles tun würde, was nötig war, um ihn dazu zu bringen, sie ein Pferd zureiten zu lassen. Der Gedanke nagte an ihm, als er sie auf die andere Seite der Hütte führte: Könnte er ihr trotzen, wenn er sich so Hals über Kopf in sie verliebte?

Er dachte, er würde Birdy ab sofort Leckerli schulden, bis ihre Welpen ein neues Zuhause gefunden hatten, weil sie ihm einen Grund gab, Zeit mit ihr zu verbringen, ohne zu streiten. Doch er machte sich keine Illusionen darüber, dass zwischen ihm und Tacy jemals irgendetwas reibungslos ablaufen würde.

KAPITEL DREIZEHN

„D a bist du ja", sagte Tacy und starrte in die dunkle Ecke unter dem Schuppen, in die Birdy sich verkrochen hatte. Es war zu dunkel, um sicher zu sein, dass sie alle Welpen gezählt hatte, doch soweit sie im Licht der Taschenlampe erkennen konnte, sah es nach fünf aus.

„Sie hat sich definitiv dafür entschieden, ihre Babys in der Abgeschiedenheit zur Welt zu bringen", sagte Brent.

Er beugte sich neben Tacy vor, und sie starrten gemeinsam unter den Schuppen. Tacy zog sich zurück und setzte sich neben ihn. „Was jetzt? Soll ich da drunter kriechen und sie herausholen?" Sie hasste beengte Räume, doch wenn sie es tun musste, würde sie es tun.

Er erhob sich auf ein Knie, stützte seine Hand darauf und ließ die Taschenlampe baumeln. „Nein, wenn jemand kriecht, dann ich. Ich denke nur, es könnte leichter sein, wenn ich eine Schaufel hole und von der Seite grabe. So nah, wie der alte Schuppen am Boden ist, fürchte ich, dass ich sonst vielleicht steckenbleibe und du mich dort lassen würdest." Er grinste sie an und zog die Brauen hoch.

Tacy verkniff sich ein Lächeln. „Wie kommst du darauf, dass ich sowas tun könnte? Revanche vielleicht?"

„Ich denke immer noch mit Schrecken an deine Hackbratenempfehlung."

Darüber lachte sie. „Das war zu leicht."

„Du hast so unschuldig ausgesehen! Ich hätte nie gedacht, dass du etwas so abgrundtief Böses tun würdest."

„Hey, ein Mädchen muss manchmal auch ein bisschen Spaß haben." Sie beobachtete sein Lächeln, und für einen Moment löste sich die Spannung zwischen ihnen auf. Es fühlte sich gut an. Mehr als gut –

hoffnungsvoll. Hoffnung auf was? Auf diese Frage hatte sie keine Antwort.

„Du musst eine Schaufel holen", sagte sie und riss sich gerade nochmal zusammen, ihn nicht näher an sich heranzulassen. Das hatte sie zu oft getan, und jedes Mal war er mehr als unkooperativ gewesen. Das würde nicht nochmal passieren. Der Mann würde sie herumkommandieren und ohne Zweifel innerhalb einer Stunde wieder nein sagen. Es gab nur zwei Dinge, die sie und Brent Stockwell gut konnten – streiten … und feixen. Okay, drei. Aber daran wollte sie definitiv nicht denken ...

„Erde an Tacy", sagte Brent gedehnt und schenkte ihr ein schiefes Grinsen, das ihn so umwerfend aussehen ließ wie George Clooney mit Cowboyhut.

Tacy zwang ihre außer Kontrolle geratenen Gedanken in ihre Schranken und warf ihm einen strengen Blick zu. „Die Schaufel", sagte sie und wies in Richtung Stall.

Sein schiefes Grinsen verwandelte sich in ein ausgewachsenes, echtes Lächeln. „Du hast über mich nachgedacht, nicht wahr?"

„Mach dir keine Hoffnungen. Gehst du jetzt die Schaufel holen oder soll ich?"

Er lachte und streckte dann zu ihrem völligen Erstaunen die Hand aus und tippte ihr auf die Nase.

„Ich bin gleich wieder da. Geh nicht weg."

Sie sah ihm nach, als er durch den Wald joggte, und seufzte. Was war das nur zwischen ihnen? Sie hatten sich gestern so geärgert, dass sie ihm heute keinerlei Beachtung hätte schenken sollen. Doch was tat sie? Warum flirtete sie mit ihm wie auf einem tollen zweiten Date?

Sie wunderte sich immer noch, als Brent ein paar Minuten später mit einer Schaufel in einer und einem mit einem Handtuch ausgelegten Karton in der anderen Hand zurückkam.

„Ich dachte, das könnten wir vielleicht brauchen", sagte er und reichte ihr den Karton. „Hast du mich vermisst?"

„Wie eine Migräne."

Er grinste und ging an ihr vorbei. „Ja, du hast mich vermisst", sagte er und ging dann um die Ecke außer Sichtweite.

Anstatt ihm zu folgen, ließ sie sich auf den Bauch nieder und begann, mit Birdy zu sprechen, die nervös zu sein schien angesichts der Geräusche, die das Graben verursachte, als Brent sich an die Arbeit machte.

„Wie geht's unserer kleinen Mama?", rief Brent um die Ecke.

„Genau wie mir. Nicht gerade glücklich mit dir. Ich glaube, sie fühlt sich bedroht. Mein Mädchen hat dich endlich durchschaut."

„Hey, das ist nicht nett. Bin fast da."

„Ja, ich sehe Tageslicht von hier." Als sie neben Birdy Licht sah, versuchte Tacy, die Nerven des Hundes zu beruhigen. „Schon gut, Süße. Wir wollen dir nur helfen."

Birdy stupste und leckte nervös ihre Welpen, als Tacy Brents Hand sah. Sie redete weiter auf Birdy ein, während er die Erde um sie herum soweit weg scharrte, dass er nach den Welpen greifen konnte.

„Brent, ich denke, du solltest besser mit Birdy reden, bevor du mit deiner Hand näher kommst", warnte sie. „Sie wird ihre Babys beschützen wollen und könnte beschließen, sich deinen Arm schmecken zu lassen."

Sein leises Lachen grollte leise durch die modrige Dunkelheit. „Junge, das würde dir gefallen, nicht wahr?"

Sie konnte sich ein Lächeln nicht verkneifen. „Es gab Momente", warf sie zurück, „in denen du es sehr verdient hättest."

Statt einer Antwort sah sie, wie sein Haar hinter Birdy in Sicht kam. Er begann beruhigend auf sie und die Welpen einzureden. Von Tacys Position aus sah sie, wie Birdy sich zurücklehnte, ihn ansah, und mit dem Schwanz wedelte. So schnell hatte er der Hündin die Angst genommen. Seufzend erhob sich Tacy und ging um den Schuppen herum, bis sie Brent auf dem Bauch fand, mit Kopf und einem Arm unter dem Gebäude. Da fiel ihr auf, dass er immer noch sein gutes Hemd anhatte und eine Jeans, die neu aussah. Doch das hielt ihn nicht davon ab, im Dreck herumzukriechen, um ihrem Hund zu helfen.

„Achtung", sagte er und streckte seine Hand mit einem sich windenden, neugeborenen Welpen aus dem Loch.

„Ist er nicht süß?", gurrte Tacy, nahm den Welpen

und kuschelte ihn an sie.

„Und der Nächste", sagte er mit gedämpfter Stimme.

Tacy streichelte den Kopf des Welpen und legte ihn vorsichtig in den Karton, den Brent mitgebracht hatte. Er hatte an alles gedacht, und sie konnte nicht anders, als beeindruckt zu sein. Der Mann ging ihr unter die Haut, egal wie sehr sie versuchte, das nicht zuzulassen.

„Sechs Welpen", sagte Brent, klopfte sein Hemd ab und beobachtete, wie Tacy die sich windenden Welpen anstarrte.

„Sie sind wunderschön", sagte sie und streichelte Birdys Kopf, während die ihre Nase in den Karton steckte und versuchte, sich um ihre Babys zu kümmern. „Danke fürs Helfen."

Er zuckte mit den Schultern und schenkte ihr ein, wie er hoffte, unverbindliches Lächeln. „Jederzeit. Bringen wir sie nach Hause."

Er streckte Tacy die Hand entgegen. Einen Moment lang dachte er nicht, dass sie sie nehmen würde, doch sie tat es. Und als sich seine Hand um ihre schloss, wusste er, dass es ihm schwerfallen würde, sie loszulassen. Und es fiel ihm noch schwerer, sie nicht in eine Umarmung zu ziehen. Sie sprang geschickt auf die Beine und zog ihre Hand fast augenblicklich zurück. Er musterte sie und kämpfte gegen das Bedürfnis an, sie zu provozieren. Doch er würde sein Glück bei ihr heute nicht herausfordern, denn er wollte mehr Zeit mit ihr verbringen. Entschlossen, mehr zu tun, als mit ihr über das Zureiten zu streiten.

„Ich werde den Karton tragen", sagte er, als sie danach griff. „Wenn das für dich in Ordnung ist", fügte er hinzu, nur für den Fall, dass sie ihn für zu herrisch halten könnte.

Sie lächelte nur und hob die Schaufel auf. „Ich nehme die. Ich weiß, dass du weißt, was du tust."

Er griff nach dem Karton und wappnete sein Herz dafür, dass sie ihm sagte, dass er sich irrte, wenn er glaubte, er könnte sie dazu bringen, sich in ihn zu verlieben … dass es eine schlechte Idee war und er es wusste.

„Ach, das weißt du?", fragte er.

„Ja. Du versuchst, die Zuneigung meines Hundes mit all dieser Heldenhafter-Retter-Nummer zu stehlen." Sie warf einen gespielt bösen Blick über ihre Schulter und eilte mit der Schaufel voraus.

Er grinste und beobachtete sie, dann hob er den Karton mit den Welpen auf und folgte ihr.

„Weißt du, wir verstehen uns ziemlich gut, wenn wir uns nicht über Pferde streiten", sagte er, als sie den Wald hinter sich ließen und auf den Stall zugingen.

„Oh, aber das ist so ein wichtiger Punkt. Denk nur daran, wie gut wir miteinander auskommen würden, wenn du nicht so starrköpfig wärst."

Ihr Kuss kam ihm sofort in den Sinn. „Willst du mir also sagen, dass ein Ritt, ähm –" er räusperte sich, „– dich dazu bringen könnte, mich ein bisschen mehr mögen?"

Sie betraten den Stall von der Rückseite und gingen in Richtung Hof und ihren Truck. Mitten im Stall blieb sie stehen. „Ist das Bestechung?"

Er blieb ebenfalls stehen und spürte, wie sich sein Nacken erhitzte. „N-nein. Das habe ich nicht so gemeint." *Hörte sich sicher ziemlich so an.* „Ich –", er räusperte sich, da sein Hals plötzlich so trocken wie Sägemehl geworden war, „–ich habe mich nur gefragt, ob du mich mehr mögen würdest, wenn wir nicht diese Meinungsverschiedenheit hätten."

„Wahrscheinlich nicht", feixte sie und trat aus dem Stall.

Was? Er folgte ihr zu ihrem Truck. „Du *würdest* mich mögen", drängte er, unfähig aufzuhören, nach der Wahrheit zu suchen. „Oh nein, wenn du ehrlich bist *magst* du mich, nicht wahr, Tacy Jones?"

Tacy warf ihm einen Blick zu, der sagte: „Hättest du wohl gerne." Dann nahm sie den Karton mit den Welpen und stellte ihn auf den Vordersitz ihres Trucks. Birdy sprang in den Fußraum, als hätte sie nicht gerade sechs Welpen zur Welt gebracht, sprang auf die Sitzbank und begann, sich wieder um ihre Babys zu kümmern. Es war leicht zu sehen, dass sie eine tolle kleine Mutter sein würde. Brent konnte nicht anders und trat dicht an Tacy heran, bevor sie auf den Fahrersitz springen und gehen konnte.

„Das tust du, und du weißt es", sagte er. Er war nahe genug, um das Aufblitzen ihres Zögerns zu sehen.

Sie legte eine Hand auf seine Brust und hielt ihn zurück.

„Hast du deine Mutter schon angerufen und ihr gesagt, dass du zu Thanksgiving nach Hause kommst?"

„Nein. Versuchst du etwa, das Thema zu wechseln?"

„Nein. Aber ich habe dieses Problem. Ich stehe einfach nicht auf Angst. Ich gebe ihr nicht nach. Ich kämpfe bis zum Ende. Du andererseits lässt dein Leben davon beherrschen."

„Was?"

Sie tippte mit den Fingern gegen seine Brust. „Ich habe dich durchschaut. Du warst fast Weltmeister, also hast du dein Leben vermasselt. Dann, als deine schlechten Entscheidungen dazu geführt haben, dass du zugelassen hast, deine unerfahrene Schwester eine noch schlechtere Entscheidung treffen zu lassen, hast du dich dafür entschieden, dich dahinter zu verstecken … und du tust es seitdem. Die Antwort lautet also nein. Selbst wenn ich dich mag, könnte niemals etwas zwischen dir und mir sein. Weil du mich ansiehst und nicht sehen willst, wozu ich fähig bin. Du siehst ein unterhaltsames kleines Mädchen mit einer lebhaften Seite – jemanden, zu dem du dich hingezogen fühlst – aber das war's."

Er trat zurück. „Das ist nicht wahr."

„Doch, das ist es. Ich bin ein Freigeist, Brent, mit eigenem Verstand und eigenem Willen. Das zieht dich an, aber du würdest trotzdem versuchen, mich in einen Käfig zu stecken und mir die Flügel zu stutzen. Warum, frage ich dich, sollte ich mich in jemanden verlieben, der mir das antun würde? Einfache Antwort – ich würde es nicht tun."

„Ich habe meine Karriere nicht absichtlich sabotiert", murmelte er mit sehr kontrollierter Stimme. „Und *ich* glaube, *du* brauchst jemanden, der dir hilft, Ärger zu vermeiden."

Ihre Augen weiteten sich. „Vielleicht irre ich mich, was deine Karriere angeht. Aber ich irre mich nicht darüber, wie du mich behandeln würdest. Du hast es gerade mit deiner Bemerkung bewiesen. Wenn jeder Mann so denkt, dann bleibe ich vielleicht für immer Single. Gott hat mich nicht geschaffen, um Angst zu haben, und ich werde nicht zulassen, dass jemand versucht, das zu ändern."

„Ich versuche nicht –"

„Schau, ich gebe zu, wir haben großartige Chemie – aber das reicht nicht. Ich muss los. Danke für deine Hilfe. Ich soll heute noch an der Kürbisschleuder arbeiten." Sie nickte zum Paddock. „Und du hast einen Haufen Broncos, die du ganz allein reiten kannst."

Sie zog die Tür zu, und Brent riss seinen Hut vom Kopf und schlug ihn gegen seinen Oberschenkel, als er ihr nachsah. Er war nicht der Mann, für den sie ihn hielt ... *oder*?

Er stapfte auf den Paddock zu. Er sollte bei App und Stanleys Kürbisschleuder helfen, doch er hatte keine Zeit. Bei ihm lag sie vielleicht völlig falsch, doch was die Pferde anging, hatte sie Recht. Sie mussten zugeritten werden, und er war der Einzige, der es tat.

„Tacy, wo ist dein Kopf?", fragte Norma Sue. „Du warst die ganze Zeit, in der du hier warst, abgelenkt. Was ist los?"

„Nichts", sagte Tacy. Das Letzte, was sie tun würde, war, den drei Frauen, die als die Kupplerinnen von Mule Hollow bekannt waren, zu sagen, dass sie mit ihren Gefühlen für Brent rang, egal wie mutig sie mit ihm gesprochen hatte.

Esther Mae ließ den Pinsel in das orangefarbene Tablett fallen. „Du hast Männerprobleme, nicht wahr?"

„Esther Mae", warnte Adela leise, „dräng sie nicht."

„Tue ich nicht", sagte Esther Mae, „aber mir ist langweilig, und ich kann nicht anders, als helfen zu wollen."

Tacy kniff die Augen zusammen. „Meine Lieben, ich brauche eure Dienste, was Männer angeht, nicht."

Norma Sue legte ihren Schraubenzieher beiseite, ihr pralles Gesicht glühte. „Das sagen alle, aber was sie wirklich meinen, ist ‚bitte helft mir'."

Tacy verschränkte die Arme und runzelte die Stirn. „Brent und ich sind zu verschieden. Der Mann ist – nun, er sieht gut aus, und ja, es stimmt, dass es Spaß macht, mich mit ihm zu streiten. Er ist unterhaltsam. Aber er ist auch ziemlich kaputt." *Was tue ich da?*, fragte sie sich, während drei Augenpaare sie erwartungsvoll anstarrten.

„Red weiter", verlangte Norma Sue. „Du wärst

nicht die Erste, die merkt, dass Männer und Frauen unterschiedlich sind. So funktioniert das nun mal."

Tacy konnte nicht fassen, dass sie das tat. Doch sie anzusehen und zu wissen, dass sie all diese Erfahrungen gemacht hatten – es war, als müsste sie ihre Frustrationen rauslassen. Vielleicht konnten sie ihr helfen, und plötzlich wusste sie, dass sie Hilfe brauchte.

„Das würde nie funktionieren. Ich will Pferde zureiten, und er hat Angst, dass ich mir das Genick breche – aber es ist mein Genick, nicht seins! Das Einzige, was ich nicht tun werde, ist aufzuhören, weil ich Angst habe. Das ist es, was uns voneinander trennt, egal wie sehr wir uns zueinander hingezogen fühlen." Sie atmete schwer, als sie fertig war.

„Habt ihr das alle gehört?", rief Esther Mae und klatschte in die Hände. „Sie sagte, sie fühlen sich zueinander hingezogen."

„Und ob wir es gehört haben", sagte Norma Sue, verschränkte die Arme und kratzte sich am Kinn.

Tacy wusste, dass sie gerade einen großen Fehler gemacht hatte. „Habt ihr nicht alles andere gehört, was ich gesagt habe?", fragte sie.

Die zierliche Adela lächelte herzlich, ihre blauen Augen waren so sanft wie die Hand, die sie auf Tacys Arm legte. „Natürlich haben wir das, Liebes. Wir haben alles gehört, was du gesagt hast. Aber die Frage ist, ob du es auch gehört hast?"

Was? „Er ist kontrollsüchtig."

„Er macht sich Sorgen", sagte Norma Sue. „Also, mein Roy Don hat versucht, mich davon abzuhalten, mit Vieh zu arbeiten, als wir angefangen haben, uns zu verabreden. Doch als ich ihm gezeigt habe, dass ich es genauso gut oder besser kann als die meisten Männer – ihn eingeschlossen – hat er aufgegeben. Es ist nichts, was ich jeden Tag tun muss – vor allem die anstrengenderen Dinge jetzt, wo ich ein bisschen älter werde. Doch wenn ich Lust habe, bei einem Viehtrieb zu helfen, tue ich es."

„Brent lässt mich nicht einmal in die Nähe eines der Broncs, also werden wir nie wissen, ob mehr zwischen uns hätte sein können als diese lästige Anziehung – die einfach davon kommen kann, dass jeder von uns versucht, dem anderen das Gegenteil zu beweisen."

„Oh, ich bin sicher, das gehört dazu", sagte Esther Mae mit einem verschlagenen Lächeln und einem

Nicken. „Doch selbst dann, wenn du ihn nicht mögen würdest, würdest du nicht sehr weit kommen, bevor ihr euch langweilt oder die Anziehungskraft stirbt."

Tacy zuckte zusammen. „Er würde mich ersticken. Das könnte ich nie ertragen."

„Verständlich, Liebes. Doch wenn er dich liebt, wird er sicherlich bereit sein, Kompromisse einzugehen. Wenn er es nicht tut, solltest du ihn vergessen und nie zurückblicken", sagte Adela. „Aber mein Gedanke zu diesem Thema ist, dass Gott das Herz gelehrt hat, seinen eigenen Willen zu kennen. Liebe macht alles möglich – sogar Kompromisse."

„Ich habe nie gesagt, dass ich ihn liebe." Tacy konnte das nicht glauben. Sie hatte gehört, dass diese Stadt kuppelverrückt war, doch das war lächerlich.

Norma Sue kicherte. „Vielleicht nicht. Doch es gibt sicherlich Potenzial, wenn ihr beide dieses Problem mit dem Zureiten überwindet."

„Das Zureiten von Pferden ist zufällig mein Lebenstraum." Ihre Frustration wuchs. Es war schon schlimm genug, dass sie sich – okay, das gab sie zu – verliebte, *ohne* dass die Kupplerinnen von Mule Hollow auch noch praktisch ihre Gedanken lasen.

KAPITEL VEIRZEHN

Brent wurde von Pferd Nummer drei auf den Allerwertesten geworfen. Als er sich aus dem Staub aufrappelte, wusste er, dass es nicht die Schuld des Pferdes war, sondern seine eigene. Hätte er sich auf das konzentriert, was er tat, hätte er die Reaktion des nervösen Tieres abwenden können. Ein Großteil des Reitens war Konzentration, das Pferd zu lesen, bevor es handelte. Das Gleiche galt für Broncoreiten. Konzentration, Instinkt und Technik. Heute hatte er keine.

Tacy hatte Recht. Er brauchte Hilfe, und sie war verfügbar und bereit. Er konnte es aber einfach nicht. Gott hatte ihm seine Dummheit vergeben, doch er durfte den gleichen Fehler nicht noch einmal machen. Sie war jedoch eine gute Reiterin, und sobald er den Sattel auf ihnen hatte und ein paar Tage im Sattel saß, sollte sie sicher sein. Oder? Die beiden, die er bereits zugeritten hatte, brauchten mehr Zeit, als er hatte. Außerdem verließ sich Pace auf ihn. Als er die Argumente abgewogen hatte, ließ Brent das Pferd in der Mitte des Paddock stehen und machte sich auf den Weg zu Tacy. Es war an der Zeit, ein paar Kompromisse einzugehen …

Auch wenn er sich damit nicht wohlfühlte, hatte Tacy vielleicht Recht, dass er zu viel Angst hatte. Er klopfte den Staub ab, stieg aus seinem Truck und ging auf ihre Veranda.

Er fand Birdy und ihre Babys in ihrem Körbchen auf der Veranda. Die stolze Mama sah zu ihm auf und schenkte ihm ihr typisches Grinsen.

„Hallo, Hübsche. Wie geht's dir?", fragte er, bückte sich und kratzte sie zwischen den Ohren. „Du hast wirklich schöne Babys."

Die Haustür ging auf, und er blickte über seine Schulter und sah Tacy an den Türrahmen gelehnt, Arme verschränkt, Knöchel übereinandergeschlagen, während sie ihn beobachtete.

„Sie sieht gut aus", sagte er. *Und du auch.*

„Sie ist sehr glücklich. Ich hatte zuerst Angst, dass sie anfangen würde, die Welpen einen nach dem anderen zurück zum Schuppen oder in den Stall oder sowas zu schleppen. Doch zum Glück hat sie sich entschieden, hierzubleiben."

„Und warum sollte sie das auch nicht? Ihr Lieblingsmensch wacht hier über sie." Er lächelte Tacy an, doch sie hob nur leicht eine Seite ihres Mundes.

„Du hast Dreck auf deinem Rücken", sagte sie. „Interessant, da du heute keine Welpen unter einem Schuppen hervorgezogen hast. Bist du abgeworfen worden, Brent?"

Er seufzte schwer und richtete sich auf. Es hatte keinen Sinn, es zu leugnen. „Ja."

Sie neigte den Kopf. „Stell sich das einer vor. Der große Brent Stockwell hat Staub gefressen."

Er warf ihr einen müden Blick zu. „Ich war unkonzentriert."

„Ohhh, warum das denn? Zu viel zu tun?"

Deinetwegen. „Ja, du hast Recht. Mir ist

klargeworden, dass ich Hilfe brauche."

„Du bist also hergekommen, um mich zu bitten, dir einen Cowboy zu empfehlen, der dir beim Reiten hilft?"

„Genau genommen wollte ich dich fragen, ob du mir beim Reiten helfen willst."

„Aber nicht beim *Zureiten*."

„Das ist alles, was ich dir anbieten kann. Ich werde dich nicht auf ein grünes Pferd setzen. Ich will nicht dafür verantwortlich sein, dass du dich verletzt."

Sie presste ihre Lippen aufeinander und musterte ihn eingehend. Er wusste, dass sie ihre Optionen abwägte und ihre Chancen abschätzte, seine Meinung zu ändern. Sie war eine kluge Frau, und sie merkte, dass er die Worte nicht laut ausgesprochen hatte, doch er bot ihr die Gelegenheit an, ihm beim Zureiten der Pferde zuzusehen, während sie sie ritt. Das war mehr, als er ihr anbieten wollte, doch es ging nicht anders. Als sie ihm dieses freche, selbstbewusste Lächeln schenkte, musste er trotz seiner Angst zugeben, dass er es sehr genoss, derjenige zu sein, der ihr dieses wunderschöne Lächeln ins Gesicht gezaubert hatte.

„Okay, ich werde es tun", sagte sie, und das

Lächeln breitete sich wie ein langsamer Sonnenaufgang aus.

Er schluckte und holte tief Luft, spürte das Pochen in seiner Brust, als er sie nur ansah. „Gut", brachte er hervor und wich zum Rand der Veranda zurück. „Ich – ich sehe dich dann morgen bei Sonnenaufgang. Komm nicht zu spät." Er wirbelte auf dem Absatz herum und ging zu seinem Truck.

„Sonnenaufgang!", rief sie. „Ich werde pünktlich da sein."

Er schmunzelte, stieg in seinen Truck und tippte sich an den Hut, bevor er aus der Einfahrt zurückfuhr. Morgen. Es war der Beginn neuer Kopfschmerzen für ihn, doch er freute sich mehr darauf als auf alles andere, an das er sich erinnern konnte.

* * *

Die Sonne war nur ein dünner orangefarbener Streifen am Horizont, als Tacy aus ihrem Truck sprang. Die Pferde waren dunkle Formen hinter dem Paddock, und einen Moment lang dachte sie, dass sie tatsächlich vor

Brent bei der Arbeit war. Dann kam er mit einem Sattel auf der Schulter lässig aus der Scheune geschlendert. Ihr Herz schlug schneller, doch sie ignorierte es und konzentrierte sich auf den Grund, aus dem sie hier war. Sie schwankte immer noch von seinem Angebot und war entschlossen, der beste Helfer zu sein, den er je gesehen hatte. Sie verstand, wie schwer es für ihn war, sie zu bitten, und sie war sogar stolz darauf, dass er es getan hatte. Nicht, dass sie ihn das wissen lassen würde.

„Ist der für mich?", fragte sie so locker wie möglich.

„Nein, den werde ich benutzen. Deiner wartet in der Scheune."

Darüber hätte sie fast gelacht. „Puh, das ist eine Erleichterung. Ich dachte schon fast, du wärst weich geworden." Sie ging an ihm vorbei, doch sein heiseres Lachen folgte ihr in die Scheune.

Und Junge, wie sehr mochte sie diesen Klang!

Sie kratzte Rabbit zwischen den Augen, dann packte sie ihren Sattel und machte sich auf den Weg zur Arbeit. Ihre Laune stieg, als sie die Scheune verließ. Sie wusste, was er angeboten hatte, obwohl er es nicht gesagt hatte. Er gab ihr die Erlaubnis, ihn zu beobachten und zu lernen. Er konnte sie vielleicht nicht auf ein nicht zugerittenes Pferd setzen, doch er würde sie nicht davon abhalten, durch Beobachten zu lernen. Es war nicht genug, doch für den Moment musste es reichen. Ein Schritt nach dem anderen. Für beide.

„Mit welchem soll ich anfangen, Boss?" Er öffnete den Stall, in dem die drei Pferde, die er zugeritten hatte, warteten. Er schüttelte bei ihrem Kommentar den Kopf und hielt das Tor fest, als sie sich an ihm vorbei schob.

„Wir werden einen nach dem anderen vom ersten Zugerittenen zum neuesten durcharbeiten."

Sie legte ihren Sattel auf den Boden und ging ruhig zu dem Schwarzen, auf dem er zuerst geritten war. Die Zweijährigen scheuten immer noch ein bisschen vor Berührungen zurück, doch der Schwarze hielt sich größtenteils, als sie leise mit ihm sprach.

„Wir werden schnell Freunde werden, du und ich. Und ihr beiden auch", fügte sie hinzu und schenkte den anderen Pferden ein Lächeln. Als würde sie sich ihre Worte zu Herzen nehmen, erlaubte ihr der Schwarze, seinen Hals zu berühren. Sie streichelte ihn ruhig und langsam, und ließ ihm Zeit, sich an sie zu gewöhnen. Sie konnte spüren, wie Brent zusah, und fragte sich, was er wohl dachte.

Sie war entschlossen, ihn mit ihrem Können zu beeindrucken. Sie wusste nicht, warum es ihr so wichtig war, doch sie musste ihm klarmachen, dass das, was mit seiner Schwester passiert war, nicht mit ihr passieren würde. Wenn sie ihm die Schuldgefühle, von denen sie wusste, dass er sie empfand, nehmen könnte, würde sie die auch beseitigen, doch das lag nicht in ihrer Hand. Es gab ein paar Dinge, bei denen nur Gott helfen konnte … Sie blickte zu ihm auf, als er sich neben sie stellte. Als sie in seine ernsten Augen sah, wusste sie, dass es ihr sehr wichtig war, was hinter diesen Augen und in seinem Herzen vor sich ging.

„Ich denke, er wird mich ihn reiten lassen. Was denkst du?", fragte sie und hatte plötzlich das Gefühl, dass er zu nah war. „Du gehst gut mit ihm um. Er ist bereit. Ich hatte mehr Sattelzeit mit ihm als mit den anderen. Aber ich möchte trotzdem, dass du vorsichtig bist. Ist das klar?"

Er hatte sie tatsächlich gelobt. Wow! „Ich höre dich

laut und deutlich, Boss." Sie schenkte ihm ein neckendes Lächeln und ging zu ihrem Sattel.

Die Sonne stieg jetzt am Himmel auf, und die Geräusche des frühen Morgens erfüllten die Luft. Irgendwo in der Ferne krähte ein Hahn. Von näher, aus dem Wald, wehte das leise Vogelgezwitscher herüber und vermischte sich mit dem Schnauben der Pferde.

„Ich liebe den frühen Morgen", sagte sie und trug den Sattel zu dem schwarzen Pferd.

Brent hatte ihn zwischenzeitlich aufgezäumt. Sie hatte nicht einmal bemerkt, dass er ein Halfter in der Hand gehalten hatte. So abgelenkt hatte sie ihm in die Augen geblickt, als sie neben ihm gestanden hatte. Sie konzentrierte sich wieder auf das Pferd.

„Ich kann das machen", bot er an.

„Oh nein, tust du nicht, Buster. Du hast mich damit beauftragt, also werde ich es tun. Ich weiß, wie man ein Pferd sattelt."

„Für eine Hilfskraft bist du ziemlich bossy", sagte er, trat einen Schritt zurück und ließ sie ihre Arbeit machen.

„Ich will nur, dass der Boss bekommt, wofür er

bezahlt."

Er lachte. „Ich kann mich nicht erinnern, dass es für diesen Job einen Gehaltsscheck ausgestellt hat."

Sie lachte. „Nun, das stimmt. Es ist das Tauschgeschäft. Ich kenne den Wert der Erfahrung, die ich aus diesem Deal bekomme, und ich will nicht, dass du zu kurz kommst."

„Das passiert nicht. Ich bin sicher, dass du bei allem, was du tust, dein Bestes gibst."

Seine Augen waren ernst und zu wissen, dass er meinte, was er sagte, berührte Tacy. Sie schenkte ihm ein knappes Lächeln und wandte sich wieder dem Schwarzen zu. Zu ihrer Erleichterung bereitete ihr das Pferd keine Schwierigkeiten … doch damit hatte sie auch nicht gerechnet. Immerhin hatte Brent schon mit ihm gearbeitet.

Sie war gut. Besser als gut. Sie wusste, was sie tat. Brent sattelte den Kastanienbraunen auf, da er ihn noch ein paarmal selbst reiten wollte, bevor er Tacy das störrische Pferd übergab. Während er um den Paddock herumritt, konnte er Tacy beobachten und respektierte das, was er sah. Er fühlte sich fast schlecht, weil er so lange gewartet hatte – aber nur fast.

Als sie um zehn ging, um sich für die Arbeit im Diner fertig zu machen, gefiel es ihm nicht, sie gehen zu sehen – nicht, dass er ihr das sagte.

„Du solltest zum Mittagessen in den Ort kommen", sagte sie, während sie das Pferd absattelte.

„Vielleicht werde ich das."

Sie lächelte. „Es tut dir gut, in die Stadt zu kommen. Alle freuen sich über deine Gesellschaft, und du weißt, was man sagt: nur Arbeit und kein Spiel macht Brent zu einem langweiligen Jungen."

Er lachte. „Also sagst du mir, dass ich langweilig bin?"

„Nein. Das war ein Scherz. Ich finde dich sehr faszinierend."

Sein Blut erwärmte sich bei ihren Worten. „Ist *faszinierend* was Gutes?"

„Etwas sehr Gutes. Mir wird schnell langweilig, und ich muss dir sagen, dass du mich nie gelangweilt hast, Mr. Stockwell. Wir sehen uns beim Mittagessen", sagte sie. „Tut mir leid, aber ich muss rennen, sonst ist Sam böse auf mich."

„Geh du nur. Ich mache hier weiter."

Sie winkte, dann joggte sie zu ihrem Truck und war weg. Brent rührte sich lange nicht, dann zog er endlich einen Striegel aus dem Eimer zu seinen Füßen und begann, das schwarze Pferd zu striegeln.

„*Sie* ist die Faszinierende", sagte er zu dem Pferd. „Keine Frage."

Ein paar Minuten später, als er die Hütte betrat, dachte er immer noch an Tacy. Er wollte sich Gesicht und Hände waschen, bevor er zum Diner fuhr. Ein arbeitender Cowboy konnte nicht viel gegen Staub auf seiner Kleidung tun, doch er konnte sich zumindest ein bisschen waschen. Das war eine Regel gewesen, die ihm seine Mutter beigebracht hatte, und sie hätte ihn gescholten, wenn er am Mittagstisch aufgetaucht wäre, ohne sich Gesicht und Hände gewaschen zu haben. Sein Herz zog sich zusammen, als er an seine Teenagerzeit dachte, als das Leben voller Pferde und großer Träume gewesen war. Er hatte es ordentlich vermasselt.

Wie hatte er so in die Irre gehen können? Er ging in

das kleine Badezimmer, wusch Gesicht und Hände mit heißem Wasser, schrubbte, spülte sie dann ab und betrachtete kritisch sein Spiegelbild. Das Klingeln des Telefons durchbrach die Stille und riss seine Gedanken aus der Vergangenheit.

Die Stimme seiner Mutter am anderen Ende der Leitung brachte ihn sofort wieder dorthin zurück.

KAPITEL FÜNFZEHN

„D as große Festival ist also dieses Wochenende", sagte Tacy am nächsten Tag. Sie war an diesem Morgen auf zwei Pferden geritten, hatte ihre Schicht im Diner absolviert und dann den Kastanienbraunen eine Weile im Paddock geritten. Brent war da und machte sich bereit, mit dem Rotschimmel zu arbeiten, mit dem er am Vortag kurz nach dem Mittagessen angefangen hatte. Sie standen vor dem Paddock, und so sehr sie sich die Möglichkeit gewünscht hatte, mit diesen Pferden zu arbeiten, stellte sie fest, dass sie es nicht eilig hatte, von Brent wegzukommen. Er schien es auch nicht eilig zu haben.

„Ja. Ich soll App und Stanley heute Abend helfen, ihr Katapult zu testen."

„Und was denkst du, wie stehen ihre Chancen?"

Er schenkte ihr ein schiefes Grinsen. „Besser als die der meisten anderen. Was die mechanische Seite angeht, sind diese beiden alten Käuze ziemlich gut. Wie sieht es mit deinem Team aus?"

„Sie haben es letztes Wochenende getestet. Ich war nicht da, aber sie haben gesagt, der Kürbis sei ein gutes Stück weit geflogen. Sie waren zufrieden. Ich soll heute Nachmittag auch zu ihnen gehen." Sie lächelte ihn an. „Ich wette, du hättest nie gedacht, dass du an einem Kürbisschleuder-Wettbewerb teilnehmen würdest, als du diesen Auftrag angenommen hast."

Seine Augen weiteten sich. „Es gibt eine ganze Reihe von Dingen, von denen ich nicht wusste, dass sie hier auf mich zukommen."

„Du meinst wie eine nervige Nachbarin?"

„Das wäre eine Untertreibung." Er nahm seinen Filzhut ab und fuhr sich mit der Hand durch sein leicht feuchtes Haar.

Es war ein warmer Novembertag, sechsundzwanzig Grad und Sonnenschein, doch bis dahin hatte sie es nicht wirklich gemerkt. Sie hatte sich viel zu sehr auf Brent konzentriert.

„Nun, diese nervige Nachbarin muss dich noch einmal fragen, ob du sich entschieden hast, zu Thanksgiving nach Hause zu fahren."

Das Funkeln verließ seine Augen, und sie wollte sich selbst treten. Warum, fragte sie sich, bestand sie darauf, einen perfekten, ansatzweise romantischen Moment zu vermasseln … na ja, *romantisch* war vielleicht übertrieben, doch ihr Herz hatte sich tatsächlich über *seine Aufmerksamkeit gefreut, und sie hatte sie genossen. Warum den Moment also kaputtmachen? Weil er ihr als Mensch wichtig war und sie wollte, dass er diese Schuldgefühle loswurde, die wie eine schwarze Wolke über ihm hingen.* Stimmt, dachte sie seufzend, doch musste sie es ausgerechnet jetzt ansprechen?

„Tacy, ich fahre nicht nach Hause."

„Hat deine Mutter angerufen und dich nochmal gefragt?" Das ging sie wirklich nichts an, und sie erwartete beinahe, dass er ihr das sagen würde.

„Gestern, wenn du es wirklich wissen willst. Ich habe ihr gesagt, dass ich es nicht schaffen würde. Ich werde bis nächsten Donnerstag hier sein, um mit den Pferden zu arbeiten. Das ist mein Job."

„Nun, nur damit du es weißt, ich werde nicht hier sein. Ich fahre Mittwoch nach Hause und komme spät am Donnerstagabend zurück. Meine Mutter erwartet mich, und ich kann sie nicht im Stich lassen." Tacy war es egal, ob ihm das gefiel oder nicht.

„Okay", sagte er. „Mir egal, was du tust."

„Oh wirklich. Hey, wenn du nicht zu deiner Familie nach Hause fährst, kannst du gerne mitkommen, um meine zu treffen." Was tat sie da?

Er fragte sich offensichtlich dasselbe, da sein Gesichtsausdruck ihr sagte, dass er nicht glauben konnte, dass sie ihm das gerade angeboten hatte. „Okay, das war also nichts", sagte sie und griff nach dem Riegel des Tors. „Vergiss, dass ich was gesagt habe. Bleib allein hier. Ich bin sicher, wenn du dich entscheidest, Lust auf Truthahn und Gesellschaft zu haben, gibt es genug Leute, die dich willkommen heißen würden."

Sie öffnete das Tor und ging in den Paddock. Sie war manchmal ein riesiger Idiot. Er und sie, in einem Truck, dreihundert Meilen bis zur Ranch ihrer Eltern, das wäre eine Katastrophe. Dann waren da noch ihre Brüder. Ach, das wäre einfach falsch. Andererseits ließ die Vorstellung, dass Brent von den Jones-Brüdern verhört würde, ihre Abschrecktaktiken tatsächlich lustig erscheinen.

Niemand würde jemals erfahren, wie es gewesen war, als kleine Schwester der Jones-Brüder aufzuwachsen. Jungs hatten so große Angst vor ihren großen Brüdern, dass ihre Verabredungen nach dem ersten oder vielleicht auch nach dem zweiten Date nicht weitermachen wollten.

Zumindest lebte sie jetzt ihr eigenes Leben; es war ihre Entscheidung, kein Sozialleben zu haben, und nicht mehr die Entscheidung ihrer großen Brüder. Jacob, Lucas, Tanner und der Schlimmste von allen, Zack. Zack hatte seine Rolle als Ältester auf die Spitze getrieben, wenn es um seine kleine Schwester ging. Natürlich war es schon eine Weile her, seit sie ihnen einen Grund gegeben hatte, ihre Beschützerinstinkte zu zeigen.

Sie war jetzt erwachsen. Das alles hatten sie doch sicher hinter sich. Es spielte sowieso keine Rolle, denn

Brent Stockwell würde ihr Angebot auf keinen Fall annehmen.

Und das war gut so. Oder?

„Okay, wird schon schiefgehen", sagte App und unterbrach Brents abschweifende Gedanken. Grinsend streckte App die Hand aus und löste die Schleuder aus.

Sofort schoss ein Kürbis himmelwärts – nur anstatt geradeaus zu fliegen, driftete er leicht nach links und schlug durch das Fenster von Apps Scheune.

„Hast du das gesehen?", brüllte Applegate.

Sowohl er als auch Stanley sprangen und tanzten und johlten und brüllten vor Freude. Brent lachte. „Also das war was", sagte er fassungslos und starrte auf das Loch in Applegates Scheune. Es war vielleicht ein bisschen schief, doch Apps Scheune war gut zweihundert Meter entfernt. Nicht schlecht für einen ersten Schuss.

Nach ein paar Minuten des Feierns hörte App auf zu tanzen und sah Brent eindringlich an. „Also, was für Informationen hast du von Tacy?"

„Applegate, ich habe dir doch schon gesagt, dass sie mir nichts erzählt."

„Gar nichts?"

Er schüttelte den Kopf. „Sie wurde zur Verschwiegenheit verpflichtet, und soweit ich das beurteilen kann, sind ihre Lippen versiegelt."

Stanley musterte ihn schweigend. Seine buschigen Brauen senkten sich, und er rieb sich das Kinn. „Du hast versucht, ihr Honig um den Bart zu schmieren?"

Brent lachte. „Nein, ich habe nicht versucht, ihr Honig um den Bart zu schmieren."

Das brachte ihm fassungslose Blicke von beiden Männern ein. App war der erste, der reagierte. „Was ist los mit dir, Junge?"

„Ja", fügte Stanley hinzu. „Du bist die letzten Tage mit ihr unterwegs gewesen und hast es noch nicht einmal versucht?"

Brent verschränkte die Arme vor der Brust, neigte den Kopf und begegnete ihren Blicken. „Leute, ich werde Tacy keinen Honig um den nicht vorhandenen Bart schmieren, um Informationen für euch beide zu bekommen. Vergesst es einfach."

„Also gut", sagte Stanley. „Aber wie wäre es, wenn du dem Mädchen einfach nur Honig um den Bart schmierst um des Spaßes willen? Was ist los mit dir, Mann?"

„Ja, das da ist ein gutes kleines Mädchen. Die Hälfte der Cowboys von Mule Hollow scharwenzeln wie liebeskranke Welpen um sie herum, seit sie in die Stadt gekommen ist, und du bist der erste, von dem ich gesehen habe, dass sie sich für ihn interessiert."

„Ja", nickte Stanley.

Das erregte seine Aufmerksamkeit. „Was genau meint ihr?"

„Sie mag dich, Cowboy, und wir denken, dass du okay bist. Wir haben seit deiner Ankunft nichts über deine Fehler in der Vergangenheit gesagt. Wir wissen, dass jeder Mann in seinem Leben Fehler macht. Wir haben dich beobachtet und sind stolz zu sehen, dass du so aussiehst, als hättest du deine wilden Zeiten hinter dir gelassen."

„Ja", sagte Stanley wieder. „Also waren wir uns einig, dir nicht im Weg zu stehen, als wir gesehen haben, wie Tacy dich ansieht. Aber was wir nicht verstehen, ist, warum du keine Anstalten machst, ihr den Hof zu machen. Bist du dumm, Junge?"

Brent fehlten die Worte. Seine Vergangenheit war kein Geheimnis. Einige der Männer hatten ihn erkannt, und das war keine große Sache. Doch App und Stanley hatten nie etwas gesagt. Nicht, dass das der Grund war, warum er gerade sprachlos war. Es waren die anderen Informationen, die ihn überraschten.

„Wie genau sieht mich Tacy an?"

App blieb der Mund offen stehen, und er runzelte die Stirn. „Du willst uns also sagen, dass du dumm *bist*?"

KAPITEL SECHZEHN

Es war dunkel, als Tacy in ihre Auffahrt einbog. Es waren mehrere Frauen bei Norma Sue gewesen, um den ersten Schuss ihres unglaublich coolen Katapults zu sehen. Lacy war dort, zusammen mit Sugar Ray Denton und ihrer besten Freundin, der Immobilienmaklerin des Ortes, Haley Bell Sutton – die zufällig auch die Enkelin von Applegate war. Haley Bell erzählte Tacy, dass sie es einfach liebte, wenn Norma Sue ihren Großvater ärgerte, weil es ihm insgeheim gefiel. Tacy dachte den ganzen Abend darüber nach. Es war klar, dass Haley ihren Großvater liebte und nur Gutes für ihn wollte.

Tacy wollte auch nur Gutes für Brent, diesen störrischen Esel. Sie hielt gerade an, als sie

Scheinwerfer auf dem einsamen Feldweg sah. Es war eine Zufahrtsstraße zu einem Teil von Clint Matlocks Ranch, und dieses Haus und die Hütte, in der Brent lebte, waren die einzigen beiden Häuser, die an diesem Weg lagen. Tatsächlich war es der Cowboy, der wahrscheinlich von App nach Hause kam.

Sie schloss den Truck und ging auf ihre Veranda zu, als er langsamer wurde. Sein Fenster war offen, und er starrte sie im Mondlicht an. Dann bog er mit seinem Truck in ihre Einfahrt ein und fuhr langsam in ihre Richtung. Tacys Herz hämmerte in ihrer Brust, als er anhielt. Sie war in den letzten drei Wochen fast jeden Tag in seiner Nähe gewesen, aber das war das erste Mal, dass sie ihn im Mondlicht unter den Sternen sah, mit den leisen Lauten von Vieh in der Ferne wie ein texanisches Ständchen. Sie war plötzlich nervös, weil er hier war. In dieser Umgebung traute sie sich einfach nicht.

„Abend", sagte er und hielt hinter ihrem Truck an. Er stieg nicht aus, sondern ließ seinen Arm aus dem Fenster hängen, als sein entwaffnender Blick ihrem begegnete. Es war ein Wunder, dass sie ihn über den Lärm hören konnte, den ihr Herz in ihrer Brust machte.

„Abend", brachte sie hervor.

Birdy ließ ihre Welpen zurück und kam, um ihn zu begrüßen. Er stellte den Motor ab und stieg aus. Er beugte sich zu Birdy hinunter und kraulte sie hinter den Ohren, während er Tacy mit einem Lächeln ansah, das nichts dazu beitrug, sie zu beruhigen.

„Spaß gehabt heute Abend?", fragte er.

Sie nickte. „Du?", brachte sie hervor, und ihr Magen schlug einen Purzelbaum.

Bis Brent hatte sie nicht viel darüber nachgedacht, wie es sich anfühlen würde, in den Armen eines Mannes zu liegen oder seine Lippen an ihren zu spüren. Sie hatte sich einfach auf ihre Pläne konzentriert, und das war alles, was sie brauchte. Brent hatte das alles vollkommen durcheinander gebracht. Was ihn anging, war sie so weit außerhalb ihrer Komfortzone, dass sie sich wie ein Schulmädchen fühlte. Sie schluckte, als er sich aufrichtete und seine Finger in die Taschen seiner Jeans steckte.

Seine Lippen verzogen sich zu einem schiefen Lächeln. „Ich muss dich warnen, der Wettbewerb wird hart."

Wenn er nur wüsste, was sie heute Abend gesehen hatte, würde er das vielleicht nicht denken. Norma Sue war eine echte Zauberin, wenn es um mechanische Apparate ging. Tacy konnte es nicht fassen. Norma Sues Schleuder war interaktiv und erforderte viel „Pedalkraft".

„Sagen wir einfach, nach dem, was ich heute Abend erlebt habe, weiß ich, dass wir der Herausforderung gewachsen sind. Samstagnachmittag verspricht spannend zu werden."

„Ja", sagte er, als sich eine seltsam unangenehme Stille zwischen ihnen ausbreitete.

Er trug ein Westernhemd, das so weiß war, dass es im hellen Mondlicht fast zu leuchten schien. Seine Schultermuskeln spannten sich darunter an, als Tacys Blick zu seiner Brust wanderte. Sie verspürte den Drang, ihren Kopf an seine Schulter zu legen und ihre Arme um seinen Hals zu schlingen. Brent hatte einfach etwas so Fesselndes, das sie noch nie zuvor bei jemand anderem empfunden hatte. Sie fühlte sich seltsam und hatte Angst, ihm in die Augen zu sehen.

„Es ist eine schöne Nacht", sagte er mit heiserer

Stimme, als er mit seinem Stiefel einen Kiesel hin und her rollte. Tacys Blick fiel auf seinen Stiefel, und sie beobachtete, wie er den Stein bewegte. War er genauso nervös wie sie?

Sie holte tief Luft und atmete langsam aus. Dann, als sie ihn ansah, deutete sie mit dem Daumen über ihre Schulter in Richtung Veranda. „Willst du auf der Veranda sitzen und was trinken? Ich habe Limonade und Eistee." Was tat sie da?

Seine Lippen verzogen sich langsam, was Tacy Freudenschauer über den Rücken jagte, als er sagte: „Klingt gut."

„Gut – ich meine, großartig." Sie wirbelte auf dem Absatz herum, eilte zur Treppe und schalt sich, sich zusammenzureißen. Wenn das so weiterging, würde sie bald hyperventilieren.

Als sie die Veranda erreichte, wurde ihr plötzlich bewusst, dass es nur die Hollywoodschaukel zum Sitzen gab. Während sie dastand und überlegte, was sie tun sollte, ging Brent hinüber und setzte sich auf eine Seite der Schaukel. Er lehnte sich zurück, legte seinen Arm über die Rückenlehne und lächelte.

„Das ist nett. Komm rüber."

„Ähm, wolltest du nicht was trinken?"

„Ich habe meine Meinung geändert. Komm, setz dich."

Er beobachtete sie genau. Es machte ihm wahrscheinlich Spaß, sie so nervös zu sehen. Sie konnte sich nicht einmal daran erinnern, wann ihr das das letzte Mal passiert war … wahrscheinlich als Carl Prier in der sechsten Klasse im Bus versucht hatte, ihre Hand zu halten. Carl war der erste Junge, den sie jemals gemocht hatte, doch sie war damals zu schüchtern gewesen, um etwas zu sagen. Dann hatte sie den Fehler gemacht, es ihren Brüdern zu erzählen. Danach hatte Carl darauf geachtet, im Bus so weit wie möglich von ihr entfernt zu sitzen.

Nicht wirklich das, was sie gewollt hatte.

So begann ihr „Liebes"-Leben bei vier Brüdern mit ausgeprägtem Beschützerinstinkt und einem Vater, der schlimmer war als alle vier zusammen.

Nun, nicht heute Abend. Sie ging zur Schaukel und ließ sich neben Brent nieder – wobei sie darauf achtete, dass zwischen ihnen ein Abstand blieb. Sie sah ihn nicht an, sondern starrte gen Himmel. Von der Schaukel aus hatte sie einen guten Blick auf den riesigen Mond. Es war wunderschön – und romantisch.

„Eine schöne Nacht", sagte sie und wollte sich innerlich schütteln. Das hatten sie bereits festgestellt.

„Ja", sagte er, drückte mit einem Fuß die Schaukel ab und ließ sie sich zurücklehnen.

„Wirst du am Samstagabend bei Clints Rodeo mitreiten?" Das war etwas, das sie ihn schon eine Weile hatte fragen wollen, doch sie hatte es immer wieder vergessen.

„Ich habe mich noch nicht entschieden."

Sie konnte seinen Arm in ihrem Nacken spüren und versuchte, sich zu konzentrieren. „Du solltest es tun. Es wäre ein leichtes Spiel für dich."

Darüber lachte er. „Vielleicht nicht. Hier gibt es Cowboys, die ihr ganzes Leben lang mit Pferden und Rindern gearbeitet haben. Sie reiten vielleicht nicht im professionellen Rodeozirkus, aber das liegt nur daran, dass sie zu beschäftigt sind, um wegen einer Meisterschaftsschnalle von Bundesstaat zu Bundesstaat zu ziehen."

Tacy starrte ihn an. Er meinte, was er sagte, und das gefiel ihr an ihm. Er prahlte nicht mit seinen Leistungen, sondern spielte sie herunter. Sie wusste, dass er das nicht über die Cowboys gesagt hatte, nur um es zu sagen. Er glaubte, dass es so war. Und was wusste sie schon? Es könnte tatsächlich so sein. Nicht jeder Cowboy konnte es sich leisten, fast jedes Wochenende während der Saison seine Zeit damit zu verbringen, Punkte zu sammeln, um am Ende in Vegas anzutreten.

Tacy räusperte sich und lächelte, entspannte sich und genoss plötzlich das Gefühl, dass sein Arm praktisch um ihren Schultern lag.

„Macht es dir Spaß, mit den Pferden zu arbeiten?", fragte er nach einigen Augenblicken der Stille.

„Du weißt, dass ich es liebe."

„Gut. Ich weiß es sehr zu schätzen, dass du mir hilfst. Vor allem nach der Art, wie ich dich anfangs behandelt habe."

„Okay, wer bist du und was hast du mit Brent Stockwell gemacht?", fragte sie lächelnd und fühlte sich plötzlich wieder mehr wie sie selbst.

Er lachte. „Dachte ich mir, dass dich das aus dem

Konzept bringen würde."

„Das hat es. Ich weiß, was passiert ist. Als du bei Applegate warst, hast du einen Kürbis auf den Kopf bekommen, einen Fehlschuss aus dem Katapult."

„Hey, dass ich zugebe, grob zu dir gewesen zu sein, ist keine *so* große Sache."

„Doch, das ist es", sagte sie und lächelte herzlich. Sie zog ihre Füße auf die Schaukel und schlang ihre Arme um die Knie.

Sie wollte gerade einfach den Moment genießen.

„Also fährst du am Mittwochabend nach Hause?", fragte er und zog sanft an ihrem Pferdeschwanz, eine unerwartete Geste, die ihr Herz berührte.

Sie drehte den Kopf und stützte das Kinn auf ihren Ellbogen. „Mh-hm", murmelte sie, zog dann ihren Kopf aus dem Nebel und kehrte in die Realität zurück. „Es sollte interessant werden. Alle meine Brüder werden da sein, also wird es laut, und sie werden mich gnadenlos aufziehen."

„So schlimm?"

Sie lachte. „Ich bin die kleine Schwester, und sie sind meine eingeschworenen Beschützer. Ich glaube, als ich geboren wurde, hat Dad sie einen Eid schwören lassen, dass sie sich ein Leben lang um mich kümmern müssen."

„Ich kann mir nicht vorstellen, dass du dich von ihnen herumschubsen lässt."

„Sie sind vier und ich, na ja, ich bin nur ich. Sie sind groß und bullig, in Texas geboren und aufgewachsen, dominant mit einem übermäßig ausgeprägten Beschützerinstinkt, doch ich bin auch kein kompletter Schwächling – du hast versucht, mich herumzuschubsen." Sie kicherte, als er die Stirn runzelte. „Du erinnerst mich an sie. Es klingt, als ob du denselben Beschützerinstinkt gegenüber deiner Schwester hast." In dem Moment, in dem sie die Worte aussprach, wusste sie, dass sie einen Fehler gemacht hatte.

Seine Augen wurden besorgt, und er sah zum Mond hinaus. Birdy kam und legte ihren Kopf auf sein Knie, als er aufhörte, die Schaukel zu schaukeln. Er streichelte zärtlich ihren Kopf, ganz in Gedanken versunken. Sie hatte gewusst, dass etwas anders war, als er aus dem Truck gestiegen war. Jetzt spürte sie es wirklich.

„Du weißt, dass du sie vermisst", drängte Tacy sanft.

„Das tue ich. Und ich bin stolz auf sie. Sie hat ihre Probleme wie ein echter Kämpfer bewältigt."

„Warum gehst du dann nicht zu ihr? Ich bin sicher, sie sehnt sich danach, dich zu sehen."

„Tacy, nicht. Du verstehst es nicht."

Sie drehte sich zu ihm um und sah ihn an. Sie zog ein Bein unter sich und legte einen Arm auf seinen auf der Sitzlehne. „Wetten doch?"

Er musterte sie mit einem seiner langen Blicke, und sie wusste, dass er seine Optionen abwägte. Sie ertappte sich dabei, wie sie betete, dass er ihr das anvertraute, was ihn so bedrückte.

Sie war sich nicht sicher, ob jemand anders in seinen Augen sah, wie sehr ihn seine Vergangenheit quälte … doch sie sah es, und das quälte sie auch. Sie wollte, dass Brent Frieden fand. War das der Grund, aus dem sie hier war?

Brent atmete tief die schwüle Nachtluft ein und fühlte

sich, als müsste er sich aus seiner Stimmung schütteln. Erst Jess, dann hatten Applegate und Stanley ihm gesagt, dass sie glaubten, Tacy sei verrückt nach ihm. Er hatte sich etwas vorgemacht, als er versuchte zu ignorieren, was er ihr gegenüber empfand. Er hatte versucht, aus ihr schlau zu werden, doch die Frau war schwer zu lesen. In gewisser Weise hatte sie so viele Mauern um sich herum gebaut wie er. Als er sie jetzt ansah, wusste er, dass er ehrlich zu ihr sein wollte.

„Tacy, ich habe jeden in meinem Leben enttäuscht", sagte er, „mich selbst eingeschlossen. Das lässt sich nicht so einfach reparieren."

„Aber es ist machbar. Und ich habe nicht den Eindruck, dass du jemand bist, der aufgibt."

Er hob eine Braue. „Wir reden hier nicht von einem Wettbewerb."

„Nein, natürlich nicht. Es ist viel wichtiger als das."

Ihre Worte trafen ihn direkt. „Wohl wahr. Wenn ein Mann seine Selbstachtung verliert, bekommt er sie jedoch nicht so leicht zurück. Ich habe jeden in meiner Familie verletzt. Meinen Vater, meine Mutter und meine kleine Schwester. Es geht ihr jetzt gut, sie wird jeden Tag stärker, aber wie ich schon gesagt habe, nur durch die Gnade Gottes."

„Vielleicht musst du dir selbst etwas von dieser Gnade gewähren. Weißt du, Gott gewährt sie nicht nur ein paar Leuten. Sie ist für alle da."

„Ich weiß, dass Gott mir vergeben hat. Ich weiß, dass er die Gnade hat, mir dabei zu helfen, doch es geht hier nicht um Gott. Hier geht's um mich."

Brent wusste nicht, ob er ihr oder jemand anderem verständlich machen konnte, was in seinem Herzen oder in seinem Kopf vor sich ging. Er hielt Tacys fragenden Blick fest und wollte, dass sie es verstand. „Ich dachte, ich würde zu einem integren Mann heranwachsen. Ich hätte nie gedacht, dass ich der Idiot sein würde, der sein Talent und sein Glück sein Ego aufblasen lassen würde. Das stört mich. Ich habe das Vertrauen in mich selbst verloren."

Er dachte, sie würde etwas sagen, doch stattdessen strich sie mit ihrer Hand sanft über seinen Arm, als wollte sie ihn ermutigen, weiterzureden. Als wollte sie ihn wissen lassen, dass es in Ordnung war, und die sanfte Berührung reichte tatsächlich bis in die dunklen

Ecken seines Herzens.

Plötzlich musste er weiterreden. „Das Seltsamste daran war, dass ich nie ein großer Partygänger gewesen bin. Ich habe hart gearbeitet, um meinen Traum von der Weltmeisterschaft zu verwirklichen. Meine Familie war stolz auf mich. Doch irgendwie, als es am wichtigsten gewesen wäre, einen kühlen Kopf zu bewahren, habe ich mir alles zu Kopf steigen lassen. Ich dachte, ich hätte all die Aufmerksamkeit verdient, die ich bekommen habe."

„Du bist nicht der Erste, dem das passiert ist, und ich bin sicher, du wirst nicht der Letzte sein."

Er blinzelte, überrascht von ihren Worten. „Dann macht das also alles besser", brummte er und fühlte sich sofort so schrecklich, wie es nur ging.

„Nein, das habe ich nicht gesagt. Ich wollte dir nur helfen zu erkennen, dass du nicht der Erste bist, der es vermasselt", sagte sie. „Brent, du hast mir schon am Anfang gesagt, dass der Mann aus den Boulevardzeitungen tot ist. Glaubst du das?"

„Ja, das will ich. Das war nicht wirklich ich. Ich date im wirklichen Leben keine Reality-TV-Sternchen. Das war ich in meiner Narrenwelt. Obwohl das meiste von dem, was sie geschrieben haben, nicht einmal ansatzweise stimmte, war ich immer noch außer Kontrolle. Ich wusste nicht, wie sehr, bis ich nach Hause gekommen bin und ..." Seine Stimme brach, und er starrte auf seine Stiefel. Er hatte wieder aufgehört, die Schaukel anzustoßen. „So, jetzt kennst du so ziemlich jedes schmutzige Geheimnis, das es über mich zu wissen gibt. Wenn du schlau wärst, würdest du aufstehen, reingehen und mich ganz schnell vergessen."

Sie sah ihn mit ruhigen, warmen Augen an. Er konnte nicht lesen, was sie dachte, doch er wartete, während sie seine Worte verarbeitete. Schließlich lächelte sie, und ihre Augen leuchteten auf, als sie seine Lippen berührten. Dieser eine Blick ließ seinen Puls galoppieren. Er beugte sich zu ihr vor und senkte den Kopf. Tacy begann, die Augen zu schließen, dann versetzte sie ihm einen Stoß gegen die Schulter.

„Vergiss es, Buster", sagte sie heiser und brach damit den romantischen Bann. „Du bringst mich nicht so einfach dazu, meinen Traum vom Pferdezureiten aufzugeben. Wie ich schon sagte, du bist nicht betrunken, und ich bin nicht deine Schwester. Ich glaube, du unterschätzt uns beide."

KAPITEL SIEBZEHN

„Ist das nicht eine tolle Menge?", rief Lacy aus, als Tacy an den Anmeldestand für das Kürbisschleuder-Event kam.

„Ich dachte, ich würde keinen Parkplatz finden", stimmte Tacy zu und suchte die Menge nach interessanten Personen ab … Nummer eins auf der Liste – okay, der Einzige auf ihrer Liste – Brent Stockwell.

Sie waren beide seit fünf auf gewesen und hatten die Pferden geritten, bevor sie sich um zehn bei der Veranstaltung melden mussten. Brent hatte ihr angeboten, sie in die Stadt zu fahren, doch sie hatte sich einen Vorwand ausgedacht, um selbst zu fahren. Seit vorgestern Abend, als sie neben ihm auf der Verandaschaukel gesessen hatte, hatte sie Mühe,

Abstand zu ihm zu halten. Es stimmte, sie arbeitete mit ihm zusammen, doch sie hatte sich bemüht und alle Gespräche in ihrem üblichen ungezwungenen Ton gehalten. Sie blieb hart, was ihren Wunsch anging, Pferde zuzureiten – und ihn zu Thanksgiving nach Hause zu seiner Familie fahren zu sehen.

„Wie läuft es so?", fragte Lacy und stemmte ihre Hand mit flamingopink lackierten Fingernägeln in ihre Hüfte. Es bestand kein Zweifel, was sie meinte.

„Wir sind wie zwei sture Esel, die Tauziehen spielen!"

Lacys blitzblaue Augen funkelten. „Macht das nicht Spaß? Ich liebe es immer noch, Clint das Leben schwer zu machen. Ich halte ihn auf Trab. Du tust Brent gut."

Lacy überraschte Tacy, indem sie die Arme ausstreckte und sie umarmte. „Du weißt, dass Gott Menschen in unser Leben schickt, wenn wir sie brauchen – habe ich dir das schon gesagt? Jedenfalls glaube ich, dass er hier am Werk ist. Wenn ich irgendwas tun kann, ruf mich einfach an. Und denk daran, ich bete dafür, dass gute Dinge passieren."

Tacy lachte und fühlte sich unwohl. Sie wusste, welche *guten Dinge* Lacy meinte, doch die große Frage war, welche guten Dinge wollte Tacy?

„Danke", sagte sie und meinte es so. „Oh, ich sehe Norma Sue und die anderen, also bringe ich besser meine Tretkraft dorthin, bevor sie Panik schieben, dass ich nicht komme."

Lacy lachte. „Bist du bereit für die Herausforderung?"

„Ich denke schon. Aber Brent sagt, dass der Test von App und Stanley wirklich gut gelaufen ist, daher weiß ich nicht, was mich erwartet. Wie viele andere Teams sind hier?"

„Nur fünf. Für unseren ersten Wettbewerb und nur Werbung hier im Ort ist das eine schöne Beteiligung. Es wird lustig."

„Das hoffe ich." Tacy winkte und joggte dann auf ihr Team zu.

Es war schwer, sie zu übersehen, da Esther Mae einen pinkfarbenen Jogginganzug und dazu einen pink und lila gemusterten Schal in ihrem roten Haar trug. Wie ein Leuchtfeuer ragte sie aus der Menge heraus.

Außerdem war das leuchtend orangefarbene Katapult, das sie gebaut hatten, ziemlich groß und selbst auffällig genug. Auf halbem Weg über das Feld entdeckte sie Brent. Er lehnte sechs Meter von ihrem Team entfernt an einem Apparat und beobachtete sie. Als sie an ihm vorbeiging, tippte er sich an den Hut und lächelte, und sie wäre fast über ihre eigenen Füße gestolpert.

Ja, kein Zweifel. Heute würde es sehr interessant werden.

* * *

„Es wird funktionieren", brummte Applegate von seinem Platz hinter Brent.

„Ich sage euch, das wird es nicht", protestierte Stanley. „Gestern Abend hat es die Kürbisse kaum siebzig Meter weit geschossen!"

„Ich habe seitdem ein paar Anpassungen vorgenommen."

„Und wie nennst du das, was du gerade tust? Der Wettbewerb geht gleich los, und du hast deine Schraubenschlüssel überall rumliegen und deine Hände sind voller Schmiere. Das gibt einem Mann nicht viel Vertrauen, weißt du?"

Brent hatte sich in dem Moment abgemeldet, als Tacy über die Weide gejoggt war.

Wem versuchte er etwas vorzumachen? Sie lief vorbei, und er stellte sich so, dass er ihr nicht folgen würde – nicht, dass ihr Katapult so weit weg war. Er musste zugeben, dass er froh war zu sehen, dass ihre Teams Seite an Seite standen. Es versprach in vielerlei Hinsicht ein sehr unterhaltsamer Nachmittag zu werden. Wer würde nicht gerne den Nachmittag damit verbringen, App und Stanley dabei zuzuhören, wie sie einander beschimpften? Er fragte sich, ob ältere Frauen es einander genauso schwer machten wie ältere Männer. Von hier aus sah es nicht so aus. Das Damenlager war nicht weit entfernt, und Esther Mae und Norma Sue sahen aus, als würden sie sich gut verstehen. Sie kontrollierten etwas, das wie ein Fahrrad aussah, das an ihrem Katapult befestigt war. Es schien, als würde das Treten die Spannung erhöhen und die Schleuder auslösen. Vielleicht klagten sie deshalb nicht. Sie mussten sich keine Sorgen machen, dass ihr Motor ausfallen könnte.

Er musste jedoch zugeben, dass das Tretboot-Pendant einen großen Nachteil haben würde, wenn die motorisierte Version so funktionierte, wie sie sollte.

Und so mürrisch sie auch waren, er wusste, dass App und Stanley sich bereits auf die Schulter klopften.

Trotzdem würde er die Damen noch nicht aufgeben. Tacy war in diesem Team und wahrscheinlich diejenige, die für das Strampeln zuständig war. Er verschränkte die Arme und sah zu, wie sie zuerst Norma Sue und dann Esther Mae umarmte. Sofort dachte er daran, zu ihrem Team überzulaufen, wenn er dafür eine Umarmung bekommen würde.

Es hatte ihn ganz schlimm erwischt, und er wusste es. Das grünäugige Mädchen hatte sich in jeden seiner Gedanken manövriert – und in sein Herz. Sie war stur und eine Nervensäge. Doch er wusste, dass etwas zwischen ihnen war, das sich jeder Logik entzog. Sie spürte es auch, und er glaubte, dass sie genauso hart gegen die Anziehung ankämpfte, wie er.

Aus gutem Grund.

Sie passten nicht zueinander.

Sie würden immer und immer wieder aneinandergeraten. Sie wollte das eine, was er ihr nie geben würde … ihr nie geben konnte. Ohne das wäre sie nicht glücklich, und das würde bedeuten, dass er nicht glücklich wäre. Es würde nie funktionieren. Das zu wissen sollte es ihm leicht machen, sie aus seinem Kopf zu verbannen. Doch es war viel komplizierter.

Das hatte er noch nie von irgendjemandem gespürt – diese intensive Anziehung, die von ihr ausging. Ihm gefiel ihr Aussehen, wie sie sprach, wie sie sich verhielt – beim Spazierengehen, Reiten, Joggen. Was auch immer sie tat, er mochte es einfach, sie anzusehen. Es ging jedoch noch tiefer. Er mochte ihren Humor und ihr Lachen, die schlagfertige Art, mit der sie zurückschoss. Er hörte ihr gerne zu, wie sie darüber sprach, ihren eigenen Weg im Leben zu finden. Er bewunderte sie dafür, dass sie sich selbst dazu antrieb, ihren Traum wahrzumachen, obwohl ihre überfürsorgliche Familie versuchte, sie zurückzuhalten. Und er mochte es, wie sehr sie trotzdem ihre Familie liebte.

Tacy Jones hatte ein großes Herz. Sie wusste genau, wer sie war, und soweit er das beurteilen konnte, war sie nie davon abgewichen, genau diese Person zu sein. Sie war, wer sie war. Vielleicht lag das an ihrem starken, doch sehr privat gelebten Glauben. Und vielleicht war dieser Glaube, dieser Kompass, den sie hatte, der ihr Anker war, das, was er an ihr am meisten bewunderte. Vielleicht hatte sie deshalb keine Angst – vielleicht weigerte sie sich deshalb, in Angst zu leben.

Ihre Worte hallten in seinem Kopf wider: *Wie ich schon sagte, du bist nicht betrunken, und ich bin nicht deine Schwester. Ich glaube, du unterschätzt uns beide.*

In den letzten zwei Nächten hatte er über diese Worte nachgedacht – und sie. Er hatte nicht erwartet, dass sie an ihrem Plan festhalten würde, nachdem er so offen und vollständig über seine Bedenken gesprochen hatte. Nein, sie war nicht seine Schwester. Er war seit diesem Tag in der Arena nicht betrunken gewesen, nein, er hatte gar nichts mehr getrunken. Doch sich selbst unterschätzen? Sie war der Meinung, dass er sich selbst unterschätzte, obwohl er die Messlatte bereits so weit gesenkt hatte, dass es nichts mehr zu schätzen gab. Was sie jedoch anging – sie wusste, dass sie tun konnte, was immer sie sich vornahm, einschließlich des Zureitens von Pferden. Er konnte nur einfach nicht derjenige sein, der es ihr beibrachte.

Plötzlich fühlte sich Brent mürrischer als App und Stanley zusammen und brauchte eine Ablenkung. Brent stieß sich vom Katapult ab, gerade als Lacy ans Mikrofon trat. Der Wettbewerb würde gleich anfangen.

* * *

„Lad ihn da rein, Brent", befahl Applegate laut und stand aufrecht wie ein General.

Brent legte den Kürbis vorsichtig auf das Katapult – nachdem er von Applegate gelernt hatte, dass die Platzierung die Flugbahn beeinflusste. Er wollte sicherlich nicht dafür verantwortlich gemacht werden, dass das Projektil falsch flog. Das war eine ernste Angelegenheit.

„Wie sieht das aus?", fragte er.

„Für mich sieht's gut aus!", rief Stanley über das Brummen des Motors hinweg.

„Vielleicht ein klein bisschen weiter nach rechts", konterte App.

Norma Sue stand neben Stanley, hakte einen Daumen in den Träger ihrer Latzhose und runzelte die Stirn. „Das Ding ist gerade, Applegate, und das weißt du. Gerade oder nicht spielt aber sowieso keine Rolle."

„Vollkommen korrekt. Nichts wird uns schlagen", nickte Esther Mae und beugte sich um Norma Sue herum. Der lila-pink gemusterte Schal, der in ihr rotes Haar gebunden war, lenkte Brent einen Moment lang ab. Die beiden Frauen waren wie Tag und Nacht. Norma Sue war eine robuste Frau, die Rancharbeit und Latzhosen liebte. Esther Mae trug einen grellrosa Jogginganzug – aus diesem glänzenden Stoff, der beim Gehen raschelte. Er wusste, dass es so war, weil sie die letzte Stunde von einem Katapult zum anderen gewandert war, während alle darauf warteten, dass der Wettbewerb begann.

Weiter hinter ihnen sah er, wie Tacy sich auf die Lippe biss, um nicht zu schmunzeln. Er begegnete ihrem Blick, hielt ihn fest und genoss das Funkeln in ihren Augen, als er eine neckende Augenbraue hob. Sie erwiderte den Blick, und er genoss den Moment.

App grunzte laut. „Willst du nur rumstehen und

Tacy beaugapfeln, oder aus dem Weg gehen, damit ich das Ding abfeuern kann?"

Brent lachte. „Ich gehe aus dem Weg, Sir. Feuer frei!"

„Weißt du, ihr könntet einfach aufgeben, App!", rief Norma Sue. „Es schadet nicht, eine Niederlage einzugestehen."

Applegate warf ihr einen finsteren Blick zu und löste die Kürbisschleuder aus. Mit einem lauten Schnalzen löste sich die Spannung der Bänder und der Kürbis schoss in die Luft. Alle Augen folgten ihm und sahen zu, wie der Kürbis rund siebzig Meter weit segelte und auf dem Imbisstand landete.

App und Stanley standen fassungslos schweigend da. Esther Mae und Norma Sue johlten vor Lachen, ebenso wie die Menge hinter ihnen. Brent war sich nicht ganz sicher, wie er sich fühlte. Es war lustig, kein Zweifel, aber es war auch nicht richtig. Er wusste, dass Apps Kürbisschleuder bessere Weiten erzielen konnte. Tacy zwinkerte ihm zu, als er in ihre Richtung sah, und er konnte sich angesichts des schelmischen Funkelns in ihren Augen ein Grinsen nicht verkneifen.

Als App und Stanley sich ihm zuwandten, waren ihre Blicke natürlich nicht annähernd so glücklich.

„Hey", sagte Brent. „Das war nicht meine Schuld. Aber wenn ihr mir einen Moment gebt, denke ich, dass ich es reparieren kann."

„Wie willst du das reparieren?", fragte Stanley, offensichtlich gedemütigt von der schlechten Leistung.

„Wenn du es reparieren kannst", brummte App, „dann nur zu."

Norma Sue grinste breit und klopfte App auf den Rücken. „Nur zu, gib auf, alter Ziegenbock!"

„Nein", sagte Brent. „Apps Maschine wird euch einen harten Wettkampf liefern, merkt euch meine Worte."

„Ich glaube es erst, wenn ich es sehe", sagte Esther Mae.

„Sei nicht so, Esther Mae", sagte Adela, die ruhig abseits gestanden hatte. „Schadenfreude ist nicht sehr schön."

Brent ging zum Katapult und korrigierte schnell etwas an den Bändern. Er hatte erkannt, dass das Problem nicht seine Kürbisplatzierung war, sondern eine kleine Unausgeglichenheit in der Spannung der Bänder zwischen den Hebeln, die für die wenig beeindruckende Vorstellung verantwortlich war.

Innerhalb weniger Augenblicke hatten die Männer den nächsten Kürbis positioniert, und er flog wie eine Tontaube über das Feld – genau so, wie er es sollte.

Es sah so gut aus, wie er in den blauen Himmel flog, dass mehrere Cowboys pfiffen und Applegates Brust vor Stolz schwoll, als der Kürbis schließlich den Zenit seiner Flugbahn erreichte und zu sinken begann.

„Na, was sagt ihr jetzt?", fragte App Norma Sue und Esther Mae.

Norma hatte beide Hände in die Hüften gestemmt und blinzelte in Richtung des Kürbis', der auf das Feld krachte. „Ich denke, du solltest besser an deinem Hut festhalten, App. Kommt, Mädels. Zeigen wir den Jungs, wie man es wirklich macht!"

„Wie fühlt es sich an, dem Siegerteam anzugehören?"

Tacy zuckte zusammen, als sie Brents Stimme so nah an ihrem Ohr hörte. „Großartig", sagte sie und sah ihn über ihre Schulter an. Lachfältchen tanzten um seine Augen. „Ich hoffe, den alten Käuzen geht's gut."

Brent lachte. „Du hast gesehen, wie App reagiert hat. Er hat die Niederlage gelassen hingenommen, doch ich kann's kaum erwarten zu sehen, welche Monstrosität er und Stanley nächstes Jahr an den Start bringen werden."

Tacy kicherte, da sie wusste, dass die Befürchtung gerechtfertigt war. „Norma Sue und Esther werden ihnen das unter die Nase reiben, bis sie es schaffen, sie zu schlagen."

„Würdest du dir von deinem Boss ein Glas von Adelas berühmter Limonade kaufen lassen?"

Tacy drehte sich zu ihm um und nickte. „Sicher."

Es war ein wunderschöner Tag. „Ich muss sagen, ich bin froh, dass der Wettbewerb vorbei ist."

„Wir beide. Es war aber trotzdem lustig."

Sie gingen durch die kleine Menge zu den Essensständen. Nach allem, was Tacy erzählt hatte, war das ein kleineres Festival als die meisten, die sie veranstalteten. „Ich mag diesen Ort", sagte sie. „Er ist wie ein warmes Stück Apfelkuchen."

„Was meinst du damit?", lachte Brent.

Er legte seine Hand an ihren Rücken, als sie hintereinander durch eine Menschenmenge gingen. Tacy mochte es – es war, als wären sie ein Paar. *Konzentrier dich*, Tacy, *konzentrier dich.* „Das", begann sie und musste kurz überlegen, was sie gesagt hatte – *ach ja, Apfelkuchen.* „Weißt du, Apfelkuchen ist Heimat und Herd. Großmutter und Großvater. Gute Freunde und Familie. Das meine ich. Mule Hollow ist das. Auch wenn sie sich zanken und mürrisch sind."

„Nur du würdest es so formulieren. Aber du hast Recht."

Sie stellten sich am Limonadenstand an, und Tacy sah ihn an – sie vermisste das Gefühl seiner Hand an ihrem unteren Rücken, als er die Arme verschränkte. Er sah sie mit einem seltsamen Glitzern in den Augen an, und für einen Moment dachte sie, dass er seine Arme verknotet hatte, um sie nicht um sie zu legen … *Klar.*

Brent bezahlte zwei Gläser Limonade, und sie gingen auf das Feld zu, wo die Leute weniger dicht gedrängt standen. „Also", sagte sie und holte tief Luft, „hast du noch mehr darüber nachgedacht, was ich gesagt habe?" Sie wusste, dass sie nicht erläutern musste, was sie meinte.

„Tacy, ich unterschätze dich nicht. Ich weiß, dass du das denkst, aber das ist es nicht. Ich mag, dass du keine Angst hast –"

„Whoa, ich habe nicht gesagt, dass ich keine Angst habe", stellte sie klar, als sie stehenblieb, um zu ihm aufzublicken. „Ich habe Angst." *Wie jetzt, wenn ich dich ansehe.* Sie fühlte sich, als würde sie bei ausgeschaltetem Licht eine unbefestigte Straße hinunterrasen. Es war aufregend und beängstigend zugleich. „Ich habe gesagt, ich lasse nicht zu, dass Angst mein Leben regiert. Ich weigere mich, sie meine Handlungen oder Entscheidungen diktieren zu lassen."

Seine Augen verdunkelten sich, kurz bevor er sie von ihr abwandte und die Bäume in hundert Metern Entfernung betrachtete. „Du bist eine starke Frau, Tacy."

„Weil ich mich selbst dazu mache."

„Du verstehst es nicht. Ich bin kein Weichei. Ich habe keine Angst vor meinem eigenen Schatten. Es ist nur so, dass ich mich um das kümmere, was mir wichtig ist – um den, der mir wichtig ist. So hat mich mein Vater erzogen. Das ist der Grund, warum er und ich nicht miteinander auskommen. Ich habe mich ablenken lassen und ein Jahr lang verrückt gespielt, und ich habe dafür bezahlt. Tina noch mehr. Es ist mir wichtig, was mit dir passiert, Tacy, und deshalb kann ich nicht derjenige sein, der dir beibringt, Pferde zuzureiten."

Bei seinen Worten pochte ihr Herz. „Genau wie dein Vater und deine Brüder will ich dich noch Jahrzehnte leben sehen. Ein Ritt auf einem Pferd ist nicht das wert, was du verlieren würdest, wenn du dich verletzt oder …"

Also waren sie wieder am Anfang angekommen. Tacy ließ den Kopf hängen und betrachtete ihre Stiefel. Sie blinzelte gegen die Tränen an, die sie zu überwältigen drohten. *Dumme Tränen.* Das Lied „Cowgirls don't cry" spielte in ihrem Kopf, und sie schluckte. Sie würde das nicht tun.

Warum taten seine Worte so weh? Sie wusste, dass sie sich in ihn verliebte – sich bereits in ihn verliebt hatte. Sie hatte es nicht gewollt. Doch es war so. Sie hatte sich in einen Mann verliebt, mit dem sie keine

Zukunft haben konnte.

Sie atmete zitternd ein, sah ihn an und zwang ihre Stimme, ruhig zu bleiben. „Und darin liegt das Problem. Meine Sicherheit geht *dich* nichts an. Nur mich."

Sie konnte das Problem leicht lösen, so schien es zumindest, indem sie einfach jemanden anstellte, der es ihr beibrachte, und dann konnten sie und Brent vielleicht … Nein, das wäre nur ein Pflaster über einem tieferen Problem. Der Mann, den sie sich zu lieben erlaubte, musste sie so akzeptieren, wie sie war. Brent tat das nicht.

Als sie sich umdrehte und ging, klopfte ihr Herz so heftig, dass es drohte, in Millionen kleiner Stücke zu zerspringen.

KAPITEL ACHTZEHN

Überall gab es Essen. Tacy stand neben den Teekrügen und füllte die Gläser mit Eis.

„Du bist heute aber still", sagte Lacy, während sie die Gläser mit Tee füllte. „Ist gestern was passiert?"

„Nein, warum fragst du?"

„Weil", sagte Norma Sue und hielt inne, um sich ein Glas Tee zu nehmen, „nachdem wir den mürrischen alten Käuzen den Hintern versohlt haben, haben wir alle gesehen, wie du und Brent euch schöne Augen gemacht habt. Dann haben wir gesehen, wie du weggelaufen bist."

„Ich habe niemandem schöne Augen gemacht. Wir haben zusammen Limonade geholt, und dann bin ich nach Hause gefahren."

„Aufgebracht", sagte Esther Mae, als sie sich dem überraschenden Verhör anschloss.

Tacy wurde von Esther Maes orangefarbenem Hut abgelenkt, an dessen Krempe winzige Kürbisquasten hingen.

„Ich war müde", sagte sie. „Denk daran, ich war diejenige, die strampeln musste."

„Du warst nicht einmal außer Atem", sagte Norma Sue. „Erzähl mir das nicht. Ihr habt ausgesehen, als hättet ihr euch gut amüsiert und dann, *bumm*, warst du weg."

„Sah für mich verdächtig aus", sagte Lacy und grinste wie eine Wahnsinnige.

Tacy warf ihr einen bösen Blick zu und bekam ein neckendes Zwinkern als Antwort.

„Komm schon, raus mit der Sprache", drängte Lacy. „Du kannst deine Freundinnen hier nicht hängen lassen. Ihr habt euch gezankt. Darum ist Brent auffällig abwesend bei den Feierlichkeiten."

„Ich weiß nicht, warum er nicht hier ist. Der Mann ist nicht sehr sozial."

„So wie ich mich an letzte Woche erinnere, bist du

früh rausgelaufen und er auch –"

„Nicht so früh, wie er wollte." Esther Mae räusperte sich. „Norma hat den armen Jungen auf den Volleyballplatz gezerrt und ihn nicht entkommen lassen."

Norma grinste. „Ich glaube, er hat sich schließlich rausgeschlichen, als ich einen Stein aus meinem Stiefel holen musste."

Tacy hatte noch nie ein Volleyballspiel gesehen, das einem der Mule Hollow Church of Faith ähnelte. Norma Sue trug normalerweise kurze Hosen zu ihren Stiefeln, und viele der Cowboys spielten in gestärkten Sonntagsjeans, Stiefeln und Hemden. Es waren sehr seltsam aussehende Teams, aber es war lustig. Sie war letzte Woche wegen Birdy nicht geblieben – oder zumindest war Birdy ihre Ausrede gewesen.

„Der Punkt ist", fuhr Esther Mae fort, „wir spüren Ärger im Paradies." Sie wackelte mit dem Kopf und ließ ihre Kürquasten tanzen.

Tacy stöhnte. „Was Brent Stockwell tut, geht mich nichts an. Wir haben nur Limonade geholt."

„Der Mann hat dich die ganze Zeit nicht aus den

Augen gelassen, als du auf dem Fahrrad gesessen hast", sagte Esther Mae.

Tacy warf ihr einen ungeduldigen Blick zu. „Woher willst du das wissen? Du hast beobachtet, wie unsere Kürbisse weit über App und Stanleys hinaus geflogen sind."

„Ich habe Brent hier und da einen kurzen Blick zugeworfen", sagte Esther Mae entrüstet.

„Also erzähl."

„Norma Sue, hat dir schon mal jemand gesagt, dass du sehr aufdringlich sein kannst?"

„Erinnert dich irgendwie an dich selbst, nicht wahr?"

Tacy musste lachen. „Wir Cowgirls müssen zusammenhalten, denke ich."

Norma Sue grinste. „Oh ja, das glaubst du besser. Warum führt du und dieser gutaussehende Cowboy immer noch diesen Eiertanz auf, anstatt einen Texas-Two Step miteinander zu tanzen?"

„Oh, Norma", keuchte Esther Mae, „das war so poetisch."

„Ich date nicht, schon vergessen?"

„Ja, ich weiß, was du gesagt hast", sagte Lacy. „Das habe ich auch mal gesagt. Aber als Clint in mein Leben gekommen ist, musste ich meine Pläne ändern."

Tacy gab auf. „Brent wird es mir nicht beibringen. Er lässt mich nicht auf ein nicht schon zugerittenes Pferd. Ich habe euch allen schon gesagt, dass ich damit nicht leben kann."

Alle drei Frauen starrten sie an.

„Du bist noch nicht auf eines dieser Pferde gestiegen?", fragte Norma Sue und stemmte ihre Hand in ihre Hüfte.

Tacy wollte gerade antworten, dann hielt sie inne. Warum hatte sie das noch nicht getan?

„Ich habe dir gesagt, du sollst ein *Feuerwerk* veranstalten", sagte Lacy. „Hast du nicht verstanden, dass ich meinte, dass du da rübergehen und auf ein beliebiges Pferd in diesem Paddock steigen sollst, auf das du steigen *willst*? Glaub mir, wenn ich dir sage, dass Sheri und Pace von dir erwartet haben, dass du Brent verrückt machst."

„Klingt sehr nach unserer Sheri", stimmte Esther Mae zu.

„Alles, was wir sagen", sagte Lacy, „ist, dass du dich nicht wie du selbst benimmst. Die Tacy, die vor ein paar Wochen in die Stadt gekommen ist, hätte inzwischen einen Weg gefunden, das zu bekommen, was sie wollte. Es ergibt keinen Sinn, dass du dich plötzlich mit einem Nein abspeisen lässt."

„Es sei denn –", strahlte Norma Sue, „– es gibt da so ein kleines Ding namens Liebe."

Tacy musste dieses Gespräch unter Kontrolle bekommen. „Leute, ich bin zum Thanksgiving-Dinner der Kirche gekommen, um den Anlass mit meinen Freunden zu feiern – nicht um gegrillt zu werden."

Adela navigierte durch die Menschenmenge an den Buffettischen. Sie warf Tacy einen Blick zu und kam zu ihr. „Das ist das Gesicht des Opfers eines Hinterhalts, wenn ich je eines gesehen habe. Machen sie dir die Hölle heiß?", fragte sie mit einem wissenden Lächeln.

„Wir versuchen nur, ihr zu helfen", sagten Norma Sue und Esther Mae wie aus einem Mund.

Adela legte eine zierliche Hand auf Tacys Arm. „Ich konnte nicht umhin zu bemerken, dass Brent nicht hier ist. Ich habe mich gefragt, ob etwas nicht stimmt.

Ist Thanksgiving schwer für ihn?"

Tacy entspannte sich. „Ich denke, im Moment hätte er an jedem Feiertag Probleme, doch Thanksgiving ist besonders hart für ihn."

„Was du nicht sagst", sagte Norma Sue, während sie und alle anderen darüber nachdachten, was Tacy gerade enthüllt hatte.

„Ich glaube, du bist ihm eine gute Freundin. Wir stellen ihm einen schönen großen Teller mit Essen zusammen, und du kannst ihn ihm vorbeibringen."

Tacy wollte protestieren, hielt dann jedoch inne, da sie sowieso schon darüber nachgedacht hatte, genau das zu tun. Obwohl sie wütend auf ihn war, hatte sie immer noch das Bedürfnis, etwas zu tun, damit er sich besser fühlte. Sie wünschte sich nur, dass er irgendwann dasselbe für sie empfinden würde.

„Ja! Das ist eine großartige Idee, Adela!", rief Lacy aus. „Und wenn du dort bist, kannst du auf ein Pferd springen und dem Cowboy zeigen, was du drauf hast. Geh neue Wege, nicht den, den er ausgetreten hat." Sie zog eine Braue hoch und grinste Tacy an.

Tacy lachte. „Meine Mutter würde jetzt sagen, du

bist unverbesserlich."

„Sie muss dich oft so genannt haben", sagte Lacy.

„Ja, unter anderem."

„Ich verstehe es nicht", sagte Norma Sue. „Ich sehe dich als ein schelmisches Kind und als Teenager, entschlossen, das zu tun, was du tun wolltest."

„So war ich", gab Tacy zu.

„Aber bist du nicht auf einer Pferderanch aufgewachsen?", fragte Norma.

„Doch."

„Mit Brüdern und einem Vater, die Pferde trainieren und zureiten?"

Tacy nickte. Sie mochte es nicht, sich ausgefragt zu fühlen. In den Augen der robusten Frau sah sie ein Licht aufgehen. „Ah, ich verstehe. Du willst es nicht riskieren, dich zu verlieben, weil du ein Problem damit hast, den Männern, die du liebst, die Stirn zu bieten."

„Das stimmt nicht. Ich bin hierhergekommen, nicht wahr?"

Lacy beobachtete sie sehr genau. Tatsächlich bohrten sich jetzt alle Augen am Tisch in sie. „Ja", gab sie zu, „es stimmt. Ich bin hierhergekommen, weil ich wusste, dass ich, wenn ich zu Hause bleiben würde, niemals tun würde, was mein Vater mir verweigert."

Esther Mae keuchte. „Und bist direkt in dieselbe Situation geraten. Doch anstatt diesem Mann die Stirn zu bieten, hast du dich in ihn *verliebt* und stellst deshalb dein Licht unter den Scheffel!"

Tacy schluckte den Kloß in ihrem Hals herunter. Sie konnte das auf keinen Fall leugnen. Nicht bei diesen Frauen. Sie waren zu aufmerksam. Und sie waren zu besorgt um sie.

„Wenn man jemanden liebt, gibt man bestimmte Dinge auf. Deshalb war ich so entschlossen, nicht zu daten. Ich durfte das Risiko nicht eingehen, mich zu verlieben, weil ich wusste, wie ich reagieren würde, wenn der Mann, in den ich mich verliebt habe, ein Problem damit hätte, dass ich Pferde zureiten will. Oder sie nur zu trainieren. Ich wusste, dass ich meine Karriere in Gang bringen musste, bevor ich mich verliebe. Das ist es, was man für jemanden tut, den man liebt, oder? Rücksicht auf seine Gefühle, Wünsche und Bedürfnisse nehmen?"

Lacy runzelte die Stirn. „In gewissem Maße. Aber,

Tacy, du gibst nicht einfach alles auf, was du dir jemals gewünscht oder erträumt hast."

„Lacy, ich sehe, wie du Clint ansiehst. Willst du mir sagen, dass du deinen Salon nicht aufgeben würdest, wenn er dich darum bitten würde? Nein, das bessere Wort ist – wenn es für ihn *unabdingbar* wäre? Das Gleiche gilt für jede von euch. Ich weiß, wie sehr jede von euch ihren Ehemann liebt. Ihr würdet tun, was immer ihr müsstet, wenn es nötig wäre."

Alle nickten und murmelten zustimmend.

„Aber dasselbe gilt auch für meinen Hank", erklärte Esther Mae mit einem hartnäckigen Ausdruck auf ihrem Gesicht. „Er würde dasselbe für mich tun. Wenn es um solche Dinge geht, sprechen wir es durch. Ich bin selbst ein bisschen stur, und in meiner Anfangszeit war ich ein bisschen schwer zu handhaben – ich weiß, dass das jetzt kaum zu glauben ist."

Norma Sue verdrehte die Augen. „Kaum", sagte sie.

Tacy musste lächeln. „Ich kann mir vorstellen, dass du vielleicht ein bisschen resolut gewesen bist."

Esther Mae strahlte. „Die Sache ist die, wir haben nicht alle Antworten."

„Und sie ganz bestimmt nicht." Adela lächelte. „Kommt, lasst uns der armen Tacy eine Atempause gönnen, während wir dem Herrn für den Segen danken, den wir hier in Mule Hollow erleben dürfen. Ich glaube, Pastor Allen wird gleich anfangen."

Lacy beugte sich vor. „Du bist für den Moment vom Haken, meine Liebe – aber du kannst darauf wetten, dass wir später weiterreden."

Tacy kicherte, obwohl sich ihr Magen beim Gedanken daran umdrehte. Als der Pastor alle um Aufmerksamkeit bat, konzentrierte sie sich. Sie war hier in dieser schönen Stadt inmitten all dieser herzerwärmenden – wenn auch übermäßig neugierigen – Menschen, und sie war so froh, hier zu sein. Gott war wirklich großartig. Sie war in ihrem Leben so gesegnet. Als sie hierhergekommen war, war sie bereit gewesen, mit ihren Träumen zu fliegen. Sie hatte gewusst, wer sie war – wohin sie mit ihrem Leben wollte – und sie hatte einen genauen Plan, wie sie dorthin gelangen würde. Sie hatte nicht erwartet, dass vom ersten Tag an alles auf den Kopf gestellt werden würde. Und sie hatte sicherlich nicht damit gerechnet, sich in den sturen, eigensinnigen Mann zu verlieben, der mit seinem Pferd und seinem sturen Herzen allein im Paddock war.

Der Pastor forderte alle Versammelten auf, die Köpfe zu senken. Mit tiefer, ruhiger Stimme sprach er ein Dankgebet für all die Segnungen, die den Menschen von Mule Hollow zuteilgeworden waren. Er dankte dem Herrn auch für das Geschenk des ewigen Lebens, das er für jeden Menschen parat hielt. Während der Pastor sein Gebet sprach, sprach Tacy ihr eigenes. Sie dankte Gott dafür, dass er ihr ihre Träume, ihre Fähigkeiten und den Mut und die Entschlossenheit gegeben hatte, diese Träume zu verwirklichen … und sie dankte ihm für Brent. In diesem Moment spielte es keine Rolle, dass Brent zu kennen und zu lieben alles bedrohte, wofür sie gearbeitet und wovon sie geträumt hatte. Es spielte keine Rolle, dass sie innerlich zerrissen war. In diesem Moment betete sie einfach für Brent.

Dann betete sie um Geduld, denn was Brent anging, braute sich ein Sturm zusammen. Die Frauen hatten keine Ahnung, wie schwer es sie erwischt hatte. Oder wie verwirrt sie war.

Tacy war anders. Sie war anders, seit sie ihn während

des Festivals auf dem Feld stehengelassen hatte. Er hatte sie gehen lassen, beobachtet, wie sie über das Feld gestapft, in ihren Truck gestiegen und weggefahren war. Er war langsamer zurückgegangen und hatte dasselbe getan. Er war jedoch nicht zu Paces Hof zurückgekehrt. Er war herumgefahren, um zu verstehen, was zwischen ihm und Tacy passierte. Er wusste, dass es nicht zu leugnen war, dass er sich in sie verliebt hatte. Nicht, dass ihm das half.

Er war nicht nach Mule Hollow gekommen, um sich zu verlieben. Das war nicht die Zeit in seinem Leben, in der er das brauchte – er fühlte sich der Liebe einer guten Frau nicht würdig. Er wusste, dass Tacy das änderte.

Etwas an der Art, wie sie ihn stupste und drängte, neckte und herausforderte, ließ ihn wissen, dass er nie den Mann aus den Augen verlieren würde, der er sein sollte. Das änderte nichts an der klaren Tatsache, dass er eindeutig nicht der richtige Mann für Tacy war.

Und das machte ihn verrückt.

Sie war so wütend auf ihn, dass sie ihre Mauern wieder aufgerichtet hatte. Das war der Unterschied in ihrem Verhalten, und er wusste es. Er hatte die Grenze in ein Reich von Tacys Welt überschritten, die kein anderer Cowboy überschritten hatte. Jess hatte damit Recht gehabt. Aber Brent wusste bis jetzt nicht genau, wie Recht der Cowboy gehabt hatte, bis er wieder zu all den anderen Cowboys der Stadt zurückgescheucht worden war.

Und das war ein kalter Ort.

Sie hatte ihn in den letzten vier Tagen nicht gedrängt, sie auf den nicht zugerittenen Pferden reiten zu lassen. Stattdessen war sie gekommen, hatte wenig gesagt und die beiden Pferde geritten, die er ihr zu reiten erlaubt hatte. Sie hatte sich angewöhnt, sie im Paddock hinter der Hütte zu reiten. Der war weit von ihm entfernt und von Mesquitebäumen umgeben, um Ablenkungen für das Pferd abzuschirmen, doch in diesem Fall war es eindeutig Brent, vor dem sie abgeschirmt sein wollte.

Wenn sie vom Stall in den Paddock ging, blieb sie nicht in seiner Nähe oder versuchte auch nur einen Blick darauf zu werfen, was er mit dem Rotschimmel oder der störrischen Kastanienbraunen tat – die völlig und vollständig gegen alles rebellierten, was er bisher mit ihnen getan hatte.

Er schrieb einige seiner und Tacys Probleme der Tatsache zu, dass er nicht zum Thanksgiving-Dinner der Kirche gegangen war. Er hatte sich nicht besonders dankbar gefühlt, also hatte er stattdessen gearbeitet. Er wusste, dass es morgen war, womit Tacy wirklich ein Problem hatte – die Tatsache, dass er Thanksgiving nicht mit seiner Familie verbringen würde. Sie würde noch wütender werden, wenn sie wüsste, dass seine Mutter wieder angerufen hatte. Er hatte sich noch nie so schlecht gefühlt, als er wieder nein gesagt hatte – nachdem Tacy so gedrängt hatte –, doch er war hart geblieben.

Selbst als seine Mutter ihm gesagt hatte, dass Tina von den Ärzten endlich für vollständig geheilt erklärt worden war, war er stur geblieben … und die ganze Zeit über hatte er Tacys enttäuschtes Gesicht in seinen Gedanken gesehen.

Plötzlich zuckte die Kastanienbraune mit dem Kopf und schwang die Hüfte in seine Richtung – während sie mit den Hinterbeinen austrat und auf Brent zielte.

Brent wich aus und entging dem Treffer nur knapp, als er sich wieder auf das Pferd mit den wilden Augen konzentrierte. Dieses Pferd hatte schlicht und einfach etwas Gemeines an sich. Brent hatte auf Autopilot geschaltet, während seine Gedanken bei Tacy gewesen waren, und das war kein kluger Schachzug, wenn man mit einem Biest wie der Kastanienbraunen arbeitete. Dieses Stück schlecht gelauntes Pferdefleisch auf sanfte Weise zuzureiten war möglicherweise nicht machbar. Wütend auf sich und das Pferd band er die Kastanienbraune an den Zaun.

Er musste den Kopf klar bekommen, bevor er mit diesem Pferd weiterarbeiten konnte. Wenn er es nicht tat, würde einer von ihnen verletzt werden.

Tacy schleppte ihren Sattel und führte die beiden Pferde zurück zum Stall, als sie sah, wie die Kastanienbraune versuchte, Brent zu treten. Ihr Herz blieb stehen, als ihn nur sein schneller Schritt zur Seite rettete.

Seine Gedanken waren nicht bei seiner Arbeit. *Willkommen im Club.* Sie betrachtete das Pferd. Er hatte es an den Zaun gebunden, war dann durch das Seitentor gegangen und im Stall verschwunden.

Tacy hatte alles getan, außer ein „Bitte nicht

stören"-Schild um ihren Hals zu hängen, um Gespräche mit Brent zu vermeiden. Das hatte ihren Verstand nicht davon abgehalten, Gedanken und Fragen über ihn zu wälzen. Was sollte sie mit ihm und ihren Gefühlen tun?

Nichts!

Wie immer leichter gesagt als getan. Das schien einfach der Untertitel ihres Lebens zu sein.

Sie war selbst schlechter Laune und beobachtete weiterhin die Kastanienbraune, während sie das Tor zur angrenzenden Weide öffnete und den Schwarzen und den Rotschimmel laufen ließ. Brent hatte ihr nicht gesagt, dass sie mit der Kastanienbraunen arbeiten sollte, da er der Meinung war, dass sie immer noch zu störrisch war.

Sie nahm ihren Sattel von dort, wo sie ihn auf den Boden fallengelassen hatte, als sie die Pferde gehen ließ, und zog ihn bis zur Hüfte hoch. Ihr Adrenalin hatte begonnen, durch ihre Adern zu rauschen, als sie nach der Decke griff und durch das Tor in den Paddock ging. Leise ging sie auf die Kastanienbraune zu. Heute war der Tag, an dem sie sich ihre Zukunft zurückholen würde. Wenn Brent die Kastanienbraune für störrisch hielt, hatte er noch nichts gesehen.

KAPITEL NEUNZEHN

„Hey, Mädchen", sagte Tacy sanft und zwang sich, ruhig zu bleiben, obwohl sie einen Rausch von Vorfreude verspürte.

Die Ohren des Pferdes zuckten, ein Zeichen dafür, dass sie sich nicht sicher war, was sie von Tacy halten sollte. Sie blieb jedoch ruhig und zog sich nicht zurück. Das war alles, was Tacy brauchte.

Tacy ließ ihre Hände über den weichen, roten Mantel gleiten und legte die Decke über den Rücken des Tieres. Dann zog sie den Sattel bis zur Hüfte hoch, holte tief Luft und legte den Sattel begleitet von ruhigen, leisen Worten über die Decke. Die Kastanienbraune zuckte, wich einen Schritt zurück, trat aber nicht aus.

Tacys Sporen klirrten bei ihren schnellen Schritten,

als sie sich mit dem ängstlichen Pferd bewegte. Während sie weiter sanft auf sie einredete, griff sie nach dem Gurt. Sie musste sich beeilen. Brent war im Stall, doch sobald er herauskam und sah, was sie tat, würde er in die Luft gehen. Das wäre gar nicht gut, denn in der Stimmung, in der sie gerade war, würde sie sofort zurückschlagen. Es würde nicht schön werden.

Mit schnellen, geübten Fingern hatte sie bald den Sattel festgezurrt und gesichert. Als sie sich umsah, sah sie keine Spur des Cowboys und entschied, dass es klüger war, das Pferd in den Paddock zu bringen, den sie in den letzten Tagen benutzt hatte. Mit etwas Glück kam er eine Weile nicht aus dem Stall, und sie saß auf dem Rücken des Pferdes, bevor er irgendetwas mitbekam.

Tacy ging voran, öffnete das Tor und stand mitten auf dem Hof, als sie Brent auf sich zukommen sah.

Ein Blick in sein Gesicht, und sie wusste, dass gleich ein Krieg ausbrechen würde.

„Tacy!", schrie er. „Nein!"

Sie hatte den Bruchteil einer Sekunde Zeit, sich zu entscheiden. Er wog gut siebzig Pfund harte Muskeln mehr als sie, und wenn er ihr die Zügel entreißen wollte, konnte sie nicht viel dagegen tun. Es war an der Zeit zu handeln.

Ob sie nun in einem Paddock waren oder nicht, es war an der Zeit, ein Risiko einzugehen – zu ihren Bedingungen.

Tacy hielt die Zügel fest, und ein Auge auf Brent gerichtet griff sie nach dem Sattelhorn. Mit derselben Bewegung glitt ihr Stiefel in den Steigbügel. Ohne nachzudenken oder zurückzublicken, richtete sie sich auf und hatte es gerade noch in den Sattel geschafft, als die Kastanienbraune mit den Hinterbeinen trat und sich drehte.

Tacy schaffte es, ihren anderen Stiefel im Steigbügel zu sichern und hielt sich, doch sie spürte den Nervenkitzel in ihrem Bauch, als sie wie ein wilder Twister über den Hof tanzten – und dann beschloss die Kastanienbraune, ihr wahres Gesicht zu zeigen.

Sie wollte Rodeo? Das sollte sie bekommen!

Brent blieb abrupt stehen. Sein Herz pochte ihm bis zum

Hals, als er überlegte, was er als Nächstes tun sollte. Die Kastanienbraune war so verrückt, wie er gedacht hatte, so unberechenbar wie kein anderes Pferd, das er je gesehen hatte – und sie bockte so hart wie ein Bronco bei einem Weltmeisterschaftsritt, entschlossen, den Traum eines Cowboys genau da im Staub unter den großen Lichtern zu zertrampeln.

Doch das war Tacy, hier in der realen Welt, die sie ritt, als wüsste sie, was sie tut. Sie hatte sich im Sattel niedergelassen und hielt die Balance genau richtig, als sie sich mit dem aufgebrachten Pferd bewegte.

In ihrem Gesicht war keine Angst, nur Hochgefühl. Und Konzentration. Offensichtlich war ihr Ritt anders als der von Tina, die sich verzweifelt am Sattel festgeklammert hatte.

Nein, Tacy wusste, was sie tat. Und sie war gut. Doch sie war immer noch in Gefahr.

Brent riss seinen Kopf aus den Wolken und konzentrierte sich darauf, sie in einem Stück vom Pferd zu bekommen – nicht darauf, die Show zu genießen.

Mit einer schnellen Bewegung duckte er sich in die Zone des Pferdes, um die Zügel zu ergreifen. Doch Tacy schrie ihn an, er solle verschwinden, und riss die Zügel auf ihre andere Seite, von ihm weg. Die Bewegung zwang das Pferd, den Kopf von Brent abzuwenden, während Tacy die Nase zu ihrem Knie zog. Brent wich aus, als das Pferd die Hüfte in seine Richtung schwang. Brent riss seinen Hut vom Kopf und starrte die wahnsinnige Frau an. Sie wäre fast über ihn hinweg geritten. Absichtlich.

Es traf ihn, dass sie genau gewusst hatte, was sie tat. Ganz und gar. Und sie arbeitete immer noch mit dem Pferd. Sie hatte es gezwungen, jede Vorwärtsbewegung zu unterlassen, weil sie den Kopf des Tiers so nah an ihr Knie gezogen hatte. Jetzt konnte die Kastanienbraune nichts anderes tun, als sich im Kreis zu bewegen, während sie sie weiterhin kontrollierte. Während Brent zusah, gab das Pferd auf und blieb stehen.

Noch immer nicht zufrieden, gab Tacy ein wenig von ihrer Kontrolle ab, indem sie ihren Griff lockerte, um zu sehen, wie das Pferd reagieren würde. Es machte einen kleinen Sprung, doch Tacy zügelte es wieder, die Muskeln in ihren Unterarmen und ihrem Bizeps arbeiteten sichtlich. Er hatte die Kraft in ihren hübschen

Armen nie bemerkt. Als sie sie zurückzog und das Tier zwang, ein paar Schritte rückwärts zu gehen, fragte er sich, was ihm noch alles entgangen war.

Sie warf Brent einen zufriedenen Blick zu, als sich die Kastanienbraune beruhigte. Sie ließ das Pferd – und Brent – wissen, dass das kein Zufall war, stieß das Pferd sanft mit den Sporen an und ließ es auf das Haus zugehen. Und das taten sie. Dann drehte sie es um und kehrte zu ihm zurück.

Brents Schultern schmerzten vor Anspannung. Wut und Stolz vermischten sich, als er sie beobachtete – doch die Wut dominierte. Er sagte nichts, da er das Pferd nicht erschrecken wollte. Tacy zügelte die Kastanienbraune einen Schritt vor ihm. Brent packte das Zaumzeug.

„Ein Wort", presste er durch zusammengebissene Zähne heraus.

Tacy schwang ihr Bein und landete sanft neben dem Pferd. Ihre Augen funkelten, als sie ihm die Zügel reichte. „Nicht nötig – sie gehört ganz dir, Cowboy. Ich bin weg." Sie warf ihre Haare über die Schulter und ging zu ihrem Truck.

„Nicht so schnell!", schrie er fast.

Sie drehte sich um. „Überleg dir gut, was du sagst, Buckaroo. Du hast absolut kein Recht, mich anzuschreien. Wenn ich von meinem Besuch bei meiner Familie zurück bin, werde ich packen und gehen. Du bekommst, was du willst. Ich bin hier fertig – ich bin weg, genau wie du es wolltest." Sie griff nach der Tür ihres Trucks, stieg ein und fuhr Sekunden später davon.

Sie würdigte Brent nicht einmal eines Blickes in ihrem Seitenspiegel.

Er wusste, dass sie es nicht tat, weil er ihr nachstarrte – zu verblüfft von ihren Worten, um sich zu bewegen.

Hatte er wirklich bekommen, was er wollte?

Sie hatte es geschafft! Und es spielte überhaupt keine Rolle.

Mit fliegendem Kies brachte Tacy ihren Truck in der Auffahrt von Sheris Haus zum Stehen. Männer!

Sie war wütender als je zuvor und wusste nicht einmal genau warum. Schließlich hatte sie gerade den aufregendsten Ritt ihres Lebens erlebt. Doch sie wollte immer noch explodieren! Als sie das Haus betrat, hielt sie inne, um Birdy sanft den Kopf zu streicheln.

„Männer sind unmöglich – und dein Held ist der Schlimmste, Birdy. Dieser Mann ist so dickköpfig wie man nur sein kann. Ich habe dieses Pferd wie ein Champion geritten. Ja, das habe ich. Du hättest mich sehen sollen …" Sie verstummte, als sie daran dachte, was sie gerade getan hatte.

Als kleines Cowgirl hatte sie durch die Latten des Zauns oder von der obersten Sprosse zugesehen, wie jeder ihrer Brüder auf seinem ersten widerspenstigen Pferd geritten war. Jedes Mal hatte ihr Vater neben ihr gestanden und seinen Sohn mit Stolz in den Augen beobachtet. Doch das würde er für sie nie tun. Nein. Sie hatte nicht beweisen dürfen, dass sie die gleiche Chance verdient hatte, diesen Stolz zu ernten.

Es tat weh, obwohl sie respektierte, dass es das Vorrecht ihres Vaters war, diese Entscheidung zu treffen.

Sie ging duschen und brauchte das heiße Wasser, um die Verspannungen ihrer Schultern zu lösen. Das

Wasser war jedoch nicht heiß genug, um den Knoten in ihrem Herzen zu lösen …

Sei's drum. Sie hatte Arbeit bei Sam, und sie musste ihm sagen, dass sie gehen würde. Sie konnte hier nicht länger rumhängen. Sie würde gehen und einen Ort finden, wo Cowboys ihr nicht vorwarfen, wozu sie fähig war. Und dann waren ihre Träume wieder auf der Spur.

Hier, mit Brent, der sie ablenkte, war sie in Gefahr.

Sie würde vielleicht nie den Stolz in den Augen der Männer sehen, die sie liebte, doch sie würde sicher nicht bleiben, um sich mit weniger zufriedenzugeben.

Nein. Cowgirls weinten nicht – und sie gaben sich auch nicht mit weniger als ihrem Traum zufrieden.

KAPITEL ZWANZIG

„Was meinst du mit du kündigst?", sagte Sam, warf sein Geschirrtuch über seine Schulter und sah sie mit finsterem Blick an.

„Ich gehe. Das ist alles. Ich bin nie hierhergekommen, um zu bleiben. Ich bin hierhergekommen, um einen Beruf zu erlernen und dann einen Job zu finden."

„Aber warum so plötzlich?", fragte Applegate. Er und Stanley waren auf dem Weg aus dem Diner gewesen. Offensichtlich war Sams Protest lauter gewesen, als sie gedacht hatte.

„Es ist wegen Brent, nicht wahr?", fragte Stanley. Er legte das Damebrett auf die Theke und schüttelte den Kopf. „Wir haben ihm gesagt, dass er dich um ein Date bitten soll. Nicht, dich vergraulen."

Tacy liebte diese alten Männer. „Er hat mich nicht um ein Date gebeten, und er vergrault mich auch nicht. Ich gehe, weil es an der Zeit ist."

„Aber was ist mit Pace? Er wird zurückkommen und dir beibringen, Pferde zuzureiten?"

„Ich habe beschlossen, nach Salado zu fahren. Ich hatte ein Jobangebot von einer Ranch da unten und beschlossen, stattdessen hierherzukommen. Ich habe angerufen, und sie wollen mich immer noch."

„Du *hast* einen Job. Ich habe dich eingestellt", sagte Sam, und sein Stirnrunzeln wurde noch tiefer. „Wenn du mehr Stunden brauchst, kannst du sie haben."

App fügte hinzu: „Oder wenn du Rancharbeit bevorzugst, findest du hier auch einen Job."

„Wir mögen dich", sagte Stanley, und seine Lippen verzogen sich kurz zu einem Lächeln, bevor er wieder die Stirn runzelte.

Tacys Herz verknotete sich, als sie ihre Freunde sah. „Leute, ich kann nicht bleiben."

„Kannst nicht oder willst nicht?", fragte Sam, als gerade die schwere Tür des Diners aufschwang und die ersten Mittagsgäste hereinströmten.

„Lass uns uns darum kümmern", bellte Applegate und Stanley grinste und nickte, als hinge sein Leben davon ab.

„Leute!", zischte Tacy und warf einen Blick auf die Menge Cowboys – darunter auch Jess –, die gerade Platz genommen hatten und in ihre Richtung starrten. „Ihr werdet nichts dergleichen tun. Ihr werdet euch benehmen. Ich bin fertig damit, zu tun, was die Männer in meinem Leben diktieren. Einschließlich euch Jungs, also beruhigt euch wieder."

Die Tür schwang auf und – wie es das schlechte Timing wollte – kamen die drei unbeugsamen Ladys herein. Norma Sue ging vor Esther Mae und Adela allen voran. Hinter ihnen kam Lacy zusammen mit ein paar anderen Mädels, die auf der anderen Straßenseite im Süßwarenladen arbeiteten. Tacy war angespannt, als sich alle begrüßten. Es dauerte nur wenige Sekunden, bis alle Neuankömmlinge merkten, dass hier etwas vor sich ging. Tacy warf Sam und seinen Freunden einen Blick zu und wäre beinahe gestorben. Sie sahen aus, als würden sie in den Krieg ziehen. Sie funkelte sie an.

„Hör auf, so zu schauen", zischte sie. Zu spät, denn Norma Sue stemmte die Hände in die Hüften.

„Was ist hier los? Ihr Jungs seht überhaupt nicht gut aus – nicht, dass ihr jemals gut ausseht."

„Tacy will gehen", verkündete Applegate dem gesamten Raum. Tacy stöhnte und schlug sich eine Hand vor die Stirn, nicht sicher, ob sie sich die Haare raufen oder um eine Auszeit bitten sollte.

Jess stand auf und kniff die Augen zusammen, während sich sein Gesicht lila färbte. „Ist es dieser Bronc-Buster? Was hat er getan – dir das Herz gebrochen?"

Tacy ließ ihre Hand von ihrem Kopf sinken und starrte ihn mit offenem Mund an. „Also, Jess", sagte sie, nicht genau sicher, was er vorhatte, doch es sah nicht gut aus. „Setz dich wieder. Wenn ihr es alle wissen müsst, ich habe einen Job in Salado angenommen."

„Er *hat* dir das Herz gebrochen", knurrte Jess, warf seine Serviette auf den Tisch und stürmte zur Tür.

„Haltet ihn auf!", rief Tacy.

Esther Mae reagierte, indem sie vor die Tür sprang. Sie breitete ihre Arme aus und starrte Jess an. Sie sah aus wie ein überdimensioniertes Entenküken in ihrem leuchtendgelben Jogginganzug. „Immer langsam, Cowboy!"

„Das wäre wahrscheinlich eine gute Idee", sagte Lacy und stellte sich neben Esther Mae.

Jess warf Tacy einen Blick zu. „Ich werde zu ihm gehen und ihn zur –"

„Nicht nötig", sagte eine gedämpfte Stimme, als sich die Tür langsam in den Raum öffnete und Esther Mae sanft aus dem Weg schob. Brent steckte den Kopf durch die Tür. „Macht es dir was aus, wenn ich bei der Show mitmache, Esther Mae?", fragte er.

„Hängt davon ab, was du vorhast."

Brent nahm seinen Hut ab und begegnete Tacys Blick durch den Raum. „Das wird von Tacy abhängen."

„Warum stehst du dann da draußen raum?" Esther Mae grinste und trat ihm aus dem Weg. Tacy verschränkte die Arme vor ihrer Brust und zwang ihr schreiendes Herz, sich zu beruhigen.

Vergiss es.

Brent sah Jess mit ernsten Augen an, die ihn warnten, sich zurückzuziehen. Tacy hielt den Atem an, als Jess Brent seinerseits einen warnenden Blick zuwarf, dann trat er aus dem Weg und ließ ihn passieren. Wirklich, Jess steckte voller Überraschungen – doch es sah so aus, als ob dasselbe auf Brent zutraf.

Hoffnung flammte in ihrem Herzen auf, als Brents Blick ihrem begegnete und ihn festhielt.

Esther Mae seufzte, doch ansonsten hätte man eine Stecknadel auf den alten Holzboden des Diners fallen hören können.

„Das Letzte, was du zu mir gesagt hast, war, dass ich bekomme, was ich will." Er zog eine Braue hoch und lächelte schief. „Du hast meine Gedanken nicht richtig gelesen. Ganz und gar nicht richtig. Ich meine mich zu erinnern, als ich dich zum ersten Mal getroffen habe, dass du dir was darauf eingebildet hast. Du hast einen Gedanken richtig erraten und du hattest zu viel Angst davor, zu verlieren, um einen weiteren Versuch gegen mich zu starten. Jetzt weiß ich warum. Du bist nicht annähernd so smart, wie du denkst."

Tacy verkniff sich ein Lächeln, ihr Inneres zitterte. Was tat er? „Dann sag mir, was ich vermasselt habe?", fragte sie, als er noch ein paar Schritte in ihre Richtung kam. Er ließ seinen Hut auf einen Tisch fallen.

„Hast du nicht. Du hast alles richtig gemacht. Stur, aber richtig. Vor dir steht ein dummer falscher Hase."

„Das kannst du laut sagen", murmelte Sam. Tacy warf ihm einen finsteren Blick zu und er grinste und zog eine buschige Braue über seinen funkelnden Augen hoch, die ihr Herz erwärmten.

„Du bist nicht dumm", sagte sie atemlos.

„Ich gebe zu, dass ich von Minute zu Minute klüger werde. Du hattest Recht. Ich muss mich meinen Ängsten stellen, und du hast mir geholfen. Warum hast du mir nicht gesagt, dass du das tun kannst, was du mit diesem Pferd getan hast?"

„Du hast nicht gefragt und –"

„Was *hat* sie getan?", fragte App.

„Sie hat eine verrückte Stute geritten wie ein Profi. Das hat sie getan. Sie hat einen Stiefel in den Steigbügel gesteckt, sich eingerichtet und die Kontrolle übernommen. Das hat sie getan. Wenn du wusstest, wie das geht, wozu hast du mich dann gebraucht? Oder Pace?"

Tacy biss sich auf die Lippe. „Ich habe dich

gebraucht, um die sanfte Art zu lernen. Ich bin nicht dumm. Heute hatte ich einen guten Ritt. Ich hätte genauso gut im Dreck landen können, und du weißt das." Sie fühlte sich wieder mehr wie sie selbst, straffte die Schultern und kam um die Theke herum.

Er grinste. „Aber das bist du nicht. Du bist ohne Angst und mit einer Menge Kraft geritten. Aber am wichtigsten – du bist clever geritten."

„Also Cowboy, was genau willst du mir sagen?" Sie baute sich vor ihm auf.

„Ich sage, du hast meinen Wunsch falsch verstanden. Ich will nicht, dass du gehst. Ich will, dass du bleibst."

„Das geht nicht", sagte sie und hob das Kinn. „Ich neige dazu, mich von Männern, die ich liebe, mit Füßen treten zu lassen. Ich muss damit aufhören, und das heißt, wenn ich hier bleibe, muss ich wissen, dass du kein Problem damit hast, dass ich Pferde zureite."

Er trat auf sie zu, senkte sein Kinn, sodass sie nur wenige Zentimeter voneinander entfernt waren. „Das lässt sich arrangieren. Du sagst, du hast dieses Problem mit den Männern, die du liebst?"

„Korrekt. Wenn ich jemanden nicht liebe, habe ich kein Problem damit, ihm die Stirn zu bieten." Gedämpftes Lachen kam aus mehreren Sitznischen.

„Und was, wenn sich ein armer Cowboy in dich verliebt?"

Sie lächelte. „Das ist ein Cowboy, der sich auf Ärger gefasst machen muss. Vielleicht will er lieber kehrt machen und in die andere Richtung davonreiten. Wenn man jemanden liebt, ändern sich die Regeln."

Brent nahm ihr Gesicht in ihre Hände. Tacy zitterte, als ihre Welt schwankte und sich dann wieder aufrichtete. Als sie ihm in die Augen sah, spürte sie, wie sie sich beruhigte.

„Ich liebe dich, Tacy. Ich kann nicht versprechen, dass ich keine Angst um dich haben oder nicht versuchen werde, dich zu beschützen. Aber du hast mein Wort, dass ich mich von meiner Angst nicht zurückhalten lassen werde. Du bist für den Rücken der Pferde gemacht. Das habe ich heute gesehen. Das war einfach schön anzusehen. Es hat mir gefallen."

Tacy lachte, als das Glück wie Quellwasser in ihr aufsprudelte. „Du meine Güte, Cowboy, ich glaube, dass du ausnahmsweise genau wusstest, was ich wollte."

„Ich liebe dich wirklich." Brent lachte heiser gegen ihre Lippen und küsste sie dann. Um sie herum johlten alle.

Tacy strahlte vor Glück und Verlegenheit, als sie sich im Raum umsah. „Was ist los mit euch? Ihr tut gerade so, als hättet ihr noch nie zwei verliebte Menschen gesehen."

„Oh, das haben wir oft gesehen", sagte Applegate. „Wir haben nur ehrlich noch nie zwei so dickköpfige gesehen wie euch zwei."

„Junge, wenn das mal nicht die Wahrheit ist", sagte Norma Sue. „Wir dachten schon, wir müssten euch zusammenbinden, bis ihr zur Besinnung kommt."

Tacy konzentrierte sich auf das große Ganze und blickte zu Brent auf. Sie war so glücklich, dass sie das gerade Gefundene nicht kaputtmachen wollte – doch sie hatte eine große Klappe und wusste jetzt, dass sie zu Ende bringen musste, was sie begonnen hatte. „Apropos zur Besinnung kommen", sagte sie, „ich fahre heute Abend nach Hause, damit ich an Thanksgiving bei meiner Familie sein kann. Was ist mit dir? Fährst du zu Thanksgiving nach Hause?"

„Das werde ich", sagte er. „Du hast Recht – es ist Zeit. Ich werde nach Hause fahren, mich mit meinem Vater versöhnen und meine Schwester und meine Mutter umarmen."

Tacy spürte Tränen in ihren Augen. „Ich bin so glücklich", schniefte sie.

Brent lehnte seine Stirn an ihre – dann fiel ihr ein, dass noch andere Leute im Raum waren. Doch ihre Aufmerksamkeit war auf Brent gerichtet und nur auf Brent, als er sie an sich drückte. Danach hatte sie sich fast vom ersten Moment an, als sie ihn getroffen hatte, gesehnt.

„Nichts könnte diesen Tag besser machen", seufzte sie. „Ich liebe dich über alles."

Er zog sich zurück und presste die Lippen aufeinander, während er sie anstarrte.

„Was ist es?", fragte sie, überrascht von seinem Gesichtsausdruck.

„Ich hoffe, es gibt noch eine Sache, die dich glücklicher machen würde."

Ihr Herz fing an, unregelmäßig zu stolpern. „Und was genau wäre das, Cowboy?"

Er grinste. „Ich dachte mir, nachdem ich Frieden mit meiner Familie geschlossen habe, dauert es nur zwei Stunden, um nach Willow Valley zu fahren, um deine Familie zu treffen."

Sie spielte überrascht. „So mutig bist du?"

Sam räusperte sich und zog ihre Aufmerksamkeit auf sich. „Hast du nicht gesagt, dass deine Brüder und dein Daddy fast jeden vertrieben haben, der mit dir ausgehen wollte?"

Brent grinste. „Das hat sie gesagt. Deshalb fahre ich hin – wenn sie das will. Denn ich habe eine Frage, die ich ihnen stellen muss."

„Ich weiß nicht", sagte Tacy. „Ich wollte die Zeit mit dir genießen, bevor die Jones-Brüder dich vergraulen."

Brent schüttelte den Kopf und hob ihr Kinn an. „Glaub mir, Honey. Ich gehe nirgendwohin."

„Große Worte", neckte sie. „Du hast meine Brüder noch nicht kennengelernt."

„Tacy, mit dir an meiner Seite kann ich mit allem

fertig werden. Einschließlich der Jones-Brüder."

Tacy lachte. „Dann komm nach Willow Valley. Das muss ich sehen", sagte sie und küsste ihn dann. „Armer Cowboy", flüsterte sie gegen seine Lippen. „Du hast ja keine Ahnung, worauf du dich da einlässt."

„Jetzt irrst du dich, Cowgirl", sagte er. „Du und ich zusammen – wir sind im Begriff, den Ritt unseres Lebens zu beginnen."

Tacy lächelte an Brents Lippen, während ihr Herz gegen seines schlug, und sie wusste, dass er absolut, hundertprozentig Recht hatte.

Weitere Bücher von Debra Clopton

Die Holden Brüder – Die Cowboys von Mule Hollow
Das Herz eines Cowboys
„Das Vertrauen eines Cowboys"
Die Wahre Liebe Eines Cowboys

Windswept Bay
Von Diesem Moment An
Irgendwo Mit Dir
Mit Diesem Kuss & Für Immer Und Ewig
Warten Auf Liebe
Mit Diesem Ring
Mit Diesem Versprechen
Mit Diesem Schwur
Mit Diesem Wunsch
Mit dieser Ewigkeit

Die Cowboys von Ransom Creek
Ihr Cowboy-Held (Vorgeschichte)
Braut zu mieten
Cooper
Shane
Vance
Drake
Brice

Die Cowboys von Mule Hollow Serie
Liebe Mich, Cowboy
Tanz Mit Mir, Cowboy
Immer Ärger mit Lacy Brown
… plus Baby macht fünf
Mein Herz gehört dir, Cowboy
Halt mich, Cowboy
Sei mein, Cowboy
Operation: Bis Weihnachten Verheiratet
Verehre Mich, Cowboy
Überrasch Mich, Cowboy
Sing für mich, Cowboy
Komm zu mir zurück, Cowboy
Reit mit mir, Cowboy

New Horizon Ranch Serie
Ein Cowboy für Maddie
Ein Cowgirl für Rafe
Ein Cowgirl für Chase
Ein Cowgirl für Ty
Eine Familie für Dalton
Eine Tierärztin für Treb
Maddies geheimes Baby
Ein Cowgirl für Austin

Über die Autorin

Die Bestseller-Autorin Debra Clopton hat bereits über 2,5 Millionen Bücher verkauft. Ihr Buch OPERATION: MARRIED BY CHRISTMAS soll sogar als ABC Familienfilm verfilmt werden. Debra ist bekannt für ihre modernen Westernromanzen, texanischen Cowboys und temperamentvollen Heldinnen. Romantik und eine Prise Humor werden immer miteinander verflochten, um den Leser zum Lächeln zu bringen. Als Texanerin in sechster Generation lebt sie mit ihrem Ehemann auf einer Ranch im Herzen von Texas und freut sich immer über Zuschriften von ihren Lesern.

Besuche Debras Website unter
debraclopton.com/deutsch

Melde dich für ihren Newsletter
www.subscribepage.com/KostenloseTexascowboyrom
antik

Triff sie auf Facebook unter
www.facebook.com/debra.clopton.5

Folge ihr auf Twitter unter @debraclopton

Kontaktiere sie unter debraclopton@ymail.com